# 岁月倒影

六月江 ⊙ 著

中国华侨出版社
·北京·

图书在版编目（CIP）数据

岁月倒影 / 六月江著 . -- 北京：中国华侨出版社，2024.8
ISBN 978-7-5113-9107-0

Ⅰ . ①岁…　Ⅱ . ①六…　Ⅲ . ①随笔－作品集－中国－当代　Ⅳ . ① I267.1

中国国家版本馆 CIP 数据核字 (2023) 第 207216 号

## 岁月倒影

著　　者：六月江
选题策划：杨　杨
责任编辑：姜薇薇
书籍设计：杜晴岚
经　　销：新华书店
开　　本：880mm × 1230mm　1/32 开　印张：6.75　字数：80 千字
印　　刷：三河市龙大印装有限公司
版　　次：2024 年 8 月第 1 版
印　　次：2024 年 8 月第 1 次印刷
书　　号：ISBN 978-7-5113-9107-0
定　　价：46.00 元

中国华侨出版社　北京市朝阳区西坝河东里 77 号楼底商 5 号　邮编：100028
发行部：（010）64443051　　传真：（010）64439708
网址：www.oveaschin.com　　E-mail: oveaschin@sina.com

如果发现印装质量问题，影响阅读，请与印刷厂联系调换。

# 前　言

人生如书。文字叙人记事成书，优者可为史。

此书作者六月江，本名姜德耀，50年前他上初中时，正赶上我在学校教语文。严格地说，除了记得他常常会在课本上画一些八路军打日本鬼子的漫画，对他没有什么太深的印象。后来知道他进入银行工作，再后来知道他退休之后，开始了文学创作，出版了两本小说，然后就是这本散记突然传到我的面前。翻阅之后，知道全书记叙了一个甲子，是他自己的难忘之人之事之理。从他的岁月倒影中，我们可以看到一个时代的风貌，体味一代人的成长史，甚至穿越到他的身边一起交流。

这本著作中，三分之一是描绘影响他生命的人，如《终生感激的三位恩师》《我的启蒙老师，是一位没有父亲的人》《人生总要和一把》《我与墨墨的一面之缘》等；三分之一记录他职业生涯中的独特发现和见解，如《我领略到的三种管理风格》《营销的想象力》《我所知道的〈货殖列传〉中的财富观与商人智慧》《企业的生命力，是应对危机的能力和发展速度》等；还有三分之一抒发自己的文学情怀，如《我的职业生涯和我的文学梦》《我为什么把〈碎了，红尘〉写成了〈往事如烟〉》《一次空而不空的敦煌文化之旅》《我的灵魂写给我的日记》等。篇篇见人仁，有事是，唯真善。

作者出生于20世纪60年代，读书时恰赶上了不能好好读书的时节，书商之家的出身又使他抬不起头来，只能独自画画。那个年代，我印象最深的是去家访，学生们都住在北京前门一带的胡同里，一路下来，只见一家有个小书架。

作者写当时的一节物理课："……一粒正在燃烧的红煤球扔向黑板，一弹，正打在老师脖领上……"在这样惊心动魄的险境中，他的老师竟敢于出手，依然要求学生好好学习。书中提到的"恩师"都看到了作者的才能和孤独，挺身保护他，鼓励他，表彰他，帮助他发挥才能，让"文革"中荒漠土地上的绿色芽苗顽强地生长，一旦大地回春，即成栋梁之材。

1977年恢复高考招生，连续10年未考之青年集中冲向独木桥。我被北师大招生最多的中文系录取，全班新生中，从32岁的六六届老高三，到17岁的七七届应届生，求学都不凡。这样的情形一直持续到1979年，姜德耀参加高考时。我原先教书的中学，有20个班毕业，考上大中专学校的，也就几十人而已，其难度可想而知。

  作者并没有写这一段自己的奋斗,却在《终生感激的三位恩师》中,记录了自己恩师的善行义举,点滴见江河。他的恩师,是中华民族优秀的老师,是人类科学文明的推进者,是那个时代的勇毅前行者。人物写作最见功底,人之魂魄最是共情。我们唯有谨记。

  在商言商。作者毕业后,分配到银行工作,从最初的普通员工,最终成为一名金融管理者,探索到一些商业经济规律,汇集到此文集,亮点颇多。

  20世纪80年代,我采访过中科院的一位下海者。当时,他正穿着军大衣在中关村推销手攒电脑，很认真地与我讲起"在商言商"。后来，他成了著名的高新技术企业家，他的企业既从五湖四海学来绝技，也摸索出经验为世界五百强企业所用。我在媒体刊发报道时，"在商言商"仍是他的金句。

改革开放40多年，正是几代人同时发力，前所未有地在商言商，砥砺探索经济规律，才使中国迅速强盛于世界之林。应该说，我们的作者也是其中一位践行者。好读书、爱学习的特质，这一时期特有的创业氛围，让他的金融职业生涯也随之生辉。

他分析"企业的生命力，是应对危机的能力和发展速度"，"铺向幸福和好运之路的金砖",真是一点一滴深入营商言商。看他的职业感悟,无论是讲西方之推销员先祖,还是说汉代之烧纸营销术,都能跳出一时一功,悟出推销的本质是救生行善和物尽其用。看他的商旅笔记,既有对台湾圣水观音茶的现场探寻,也有读《史记》与经商先贤的跨时代对话,还有在牛津、剑桥游学的寻寻觅觅,都是对人生、社会、经济发展进行探索。

作者对自己三位领导管理风格的探讨,我看了两遍。第一位领导是一名退役军人,敢想敢干,竟然起用了当场提出业务意见的小职员,这不正是20世纪80年代的特质吗?第二位领导是一位儒生,"他总是非常专注地听你说什么","他几次调整我的工作和岗位,都最大程度地激发了我的潜质和优势"。这需要多大的管理智慧啊!第三位领导"爱想爱问","24小时必须随时,随地接听电话,这样才能保证管理和服务的万无一失""跟随他,我进步也最大最快"。这是怎样的激情燃烧啊!那个岁月里,经济之重中之重,人才之各显其能,事业之欣欣向荣,一一跃然纸上,栩栩如生。

作者没有写自己的职业业绩,但我在此书中也有获知。譬如,国有银行开始引进客户经理制时,他从大学老师给他的译著中,学习到跨国大银行的管理方法,立即细化完善到自己的实践中,一下子就把此项改革推向正轨。是的，时代需求彰显了个人的才华与进取。我们唯有谨记。

一直有着文学梦和画家才能的他，骨子里的文化艺术细胞，伴随着他的一生。文学是理想主义的追求，美术是对美和善的礼赞，在这本集子里，篇篇都有这种情愫。《一则寓言》讲述一条海底的小鱼，向往海阔天空和陆地，刻苦练就踏浪飞行登陆行走，最终如愿，却不知所终。这让我想起了寓言小说《海鸥乔纳森》。

1970年，一位美国飞行员撰写的这个短篇出版。一只名叫乔纳森的海鸥刻苦学习飞行，最终飞到了理想之地。小说持续风靡全球，1974年，我们抢着传看了内部译本，我至今记得自己连夜手抄的那句话："生活中最重要的事，就是执着于自己的最爱，并日臻完美。"这只海鸥与本书作者笔下的小鱼，异曲同工，切中了人类的终极追求。我们唯有谨记。

可以说，这本散记记录赞叹生命之伟大，善行之神圣，规律之永恒，追求之高远。著书的初心本意，是作者做人的初心本质，也是他所经历的时代的本真本质。

致敬我们有幸生长的时代！

致敬我们努力奋斗的时代同行人！

纪 涛

二〇二三年六月

# 目录

终生感激的三位恩师 / 001
我领略到的三种管理风格 / 019
一个神奇推销员的小故事 / 026
我的启蒙老师,是一位没有父亲的人 / 029
人生总要和一把 / 035
我与墨墨的一面之缘 / 048
《秘密》之外的一个秘密 / 055
二十多年前的一件小事 / 063
我的职业生涯和我的文学梦 / 066
我为什么把《碎了,红尘》
    写成了《往事如烟》 / 072

# 目录

一次空而不空的敦煌文化之旅 / 079

我所知道的《货殖列传》中的

　　财富观与商人智慧 / 085

人生的五种智慧 / 093

营销的想象力 / 101

企业的生命力，

　　是应对危机的能力和发展速度 / 107

为人处世的几个基本法则 / 116

我与老子的一点缘分 / 120

铺向幸福和好运之路的金砖 / 124

水赞 / 142

我的灵魂写给我的日记 / 148

## CONTENTS

| | | |
|---|---|---|
| 一则寓言 | / | 152 |
| 心眼杂谈 | / | 156 |
| 一个电影片段所展现的智慧 | / | 163 |
| 横山书院给我的帮助 | / | 167 |
| 几个想当然 | / | 171 |
| 登山之乐 | / | 173 |
| 屈医生的趣事 | / | 176 |
| 灯谜的其乐无穷与其乐无穷的对联 | / | 180 |
| 一旦是朋友,永远为朋友 | / | 185 |
| 快乐菜单 | / | 190 |
| | | |
| 后记 | / | 197 |

## 终生感激的三位恩师

在佛祖成道圣地——印度菩提迦耶的菩提树下，我拾到了三片叶子，大家都特别欣赏和羡慕，因为在那里，真的是一叶难求。我把它们分别命名为导师、觉悟、智慧。回国后，我把三片叶子分别装进三个油画框里，准备送给我在人生路上遇到的三位恩师，尽管他们可能都已不在了，但这感激之情，非他们莫属。

其实，回顾我这一生，遇到的好老师很多，应该感谢感恩的真远不止这三位。有人给我算过命，说我这人一直走"老人运"，也就是说我常常会得到比我年纪大的人的辅导和帮助。按这么说，我应该感谢的人就更多了。但是，当时立即想到的，就是他们三位。

## 西河沿第二小学美术老师吴宗鲁

第一位恩师，是我在西河沿第二小学读书时的美术老师，他姓吴名宗鲁。

那时，正值"文革"期间，本来我是全班第一批被选为红小兵的，一共六名同学，我是唯一的男生，但因为有人揭发，说我家出身不好，所以我的资格突然被取消了。

"文革"以前，小学生是入少先队、戴红领巾的。"文革"中，改为小学生入红小兵、戴红臂章，中学生当红卫兵、戴红袖标。要入红小兵和红卫兵，家庭出身必须"好"。所谓"好"，就是出身工人和贫下中农家庭，或者革命干部和军人家庭，那都没有问题。

其实,填写加入红小兵的申请表时,在"家庭出身"一栏,我填的本是"工人",但我父亲有些犹豫。他讲:我在起重机械厂工作,也是工人,可咱们家过去开过一个小书店,虽说不算是资本家,但也是经商的。最后,他坚持让我填"商",就一个字,既不是工人,不是商贩,也不是资本家。而揭发我的同学跟老师说,"商"就是"地主兼资本家",因为贴在我家院墙上的大字报就是这么写的。

很多年之后,我才知道,当年贴在我家院墙上的大字报,就是揭发我的那位同学的爸爸写的。只是当时,班主任白老师也没办法保我。

因为入不了红小兵,更因为出身不好,我从此一落千丈,没人理,也没人跟你玩,连过去总爱来我家的同学金猴子和小不点也不来了。我只有自己在家,一个人画八路军挖地道和埋地雷的故事,偶尔也画吴作人的熊猫、徐悲鸿的马和胡爽庵的虎。

没有老师，没有技法，就是模仿，但家人和街坊四邻都说画得好。

二年级后，教美术课的就是吴宗鲁老师，他戴一副黑眼镜，人长得又高又帅。第一堂课教我们画延安日出。老师是左撇子，他右手举着一个白纸板，左手拿着铅笔，先简单地画了一下轮廓，然后换水彩笔。看他画很简单，前面是灰色的石孔桥，桥后是绿山和黄色的宝塔，最后是太阳和飞鸟。

我一直跟着老师画，画完细看，特别兴奋，因为跟老师画的像极了！

吴老师好像也发现了我的兴奋。他先把我的那幅画，在讲台上举给全班同学看，然后又举着画，从前走到后，让大家仔细看。从那以后，美术课上，凡我画的，都会被吴老师当作范例，让同学们传看。再后来，他开始安排我在校园的黑板上画画写字。每当这时，就会有好多同学围观。

吴老师那时给了我一本书，叫《怎样写美术

字》。他偶尔也会叫我去他的办公室,看他画画。那是一间小小的画室,里面全是他画的油画,有几幅还在市里和全国画展上展出过。五年级的时候,他还借给我两本书,一本是《怎样画人物》,另一本是《怎样画水彩》,因为那时学习资料太少了,我就把那两本书全部抄录下来,里面的插图也全都临摹了。现在我还保存着其中的一本。

后来,我也有两幅美术作品被选送到市里和区里,参加学生画展,同学们也更喜欢看我画画了。

小学毕业前,又改为戴红领巾了。我是最后一批才戴上红领巾的。过了很久,我才知道,我一年级的班主任白老师,就是吴老师的夫人。

每当想起他们,我都会激动不已。在那个令人忧伤的年代,我的老师们,就是这样帮助、启迪一个无法得到阳光的孩子,帮助我度过了那些艰难而幽暗的岁月。这样的基础教育,极大提升了我的基本素质,使我在以后的学习和实际工作中,充满了底蕴和自信。

他们就是人生的导师，就是那桥，就是高山宝塔，就是太阳。

## 师大附中班主任朱正威老师

第二位恩师，是我在师大附中时的班主任，朱正威老师。朱老师是个才子，才气有多大，不知道，只知道他被"文革"给耽误了。

朱老师的母亲曾是民国运动会女子跳远冠军。而他也是20世纪50年代的少年天才，18岁就大学毕业了。那时，他是参与研究生命遗传学的，这个学科的研究，中国在某些方面是领先的，曾经有非常值得骄傲的光荣时刻。但是因为出身问题，他没能去留学，而是被分配到了师大附中当老师。不过，教课之余，他仍经常出入大学和研究机构，不断地进修学习。反右时，他被划为右派，曾下乡劳动改造。"文革"期间，又被判为白专道路典型，下放到学校农场劳动改造。

朱老师当时负责种稻子。为了稻田肥沃，他先是驾大马车来城里学校掏大粪，然后拉回农场，来回要走一百多里。回到农场，还要做化肥处理，再去地里施肥。再后来，农场弄来了一辆手扶拖拉机，他就驾驶着它来学校拉粪。每年学生去农场学农，他都给大家讲手扶拖拉机的构造原理，以及驾驶技术，还在地头讲农业基础课，春种时讲稻种优化，秋收时说五谷丰登。我们见过他开着手扶拖拉机来校的情景，也在农场听他说过开拖拉机的事情，同学中有哥哥姐姐的，都知道朱正威老师，说他是师大附中老师中有名的四大才子之一。

1974年我上初二的时候，朱老师才被调回学校，被安排成为我所在班的班主任。

那时，我们那一届有20个班，每个班都有50来人，爱学习的很少，大家每天都无所事事。上课不是捣乱闹事，就是聊天说话，一般的老师也不敢管。下了课就是胡追乱跑，你打我殴。放学了，也要闹腾好几条街。

但是朱正威老师敢管敢说我们。朱老师是江苏人，他口音很重，人不高，还特别瘦，双颊紧缩，但喊起话，特别激昂。他爱抽烟，只要不上课，总是烟不离手。

那时没有不闹的同学，更没有安静的课堂。女生们有的传条子，有的就等着看男生们闹；而男生们个个都跟小丑似的，你争我抢，粉墨登场。冬天，教室烧煤球炉取暖。一次上物理课，物理老师正在黑板上写热量公式，突然一粒正在燃烧的红煤球扔向黑板，一弹，正打在老师脖领上，把老师烫得够呛，毛衣领也煳了，教室里一股羊毛气味。

老师气得不讲课了，他要求扔煤球的同学站起来，要向他也要向全班同学道歉！因为还要向全班同学道歉，大家的目光都很快集中到一个外号叫

"胖头"的同学身上。这个同学身肥体大,脸胖脖粗。他也双目紧瞪,怒视每一个盯向他的人,吓得大家伙儿都不敢再看他。

下课了,物理老师不让他走。后来朱老师来了,问明情况,他就摆手叫胖头过去。

胖头那天肯定是有点疯了,他猛地起身冲上讲台,又狠狠地推了物理老师一把,竟然把老师推了一个跟头儿。而且,胖头还要去打倒在地上的老师。

这时,朱老师一只手猛然抓住他,另一只手在他那肉脖子上"叭叭"两下!

全班同学都看傻了,不知那胖头回身会怎样暴打我们的班主任。

但事情转化得就这么快,那胖头像是被一下子打醒了,傻傻地站在那里一动不动。

朱老师也一动不动地站着,他的双唇和双手,仍在不住地抖动。

同学们赶紧扶起倒地的物理老师。

这个画面在我的记忆里，已有几十年了，全班同学也都记着这件事。事情最后处理还是圆满的，胖头认了错，物理老师也原谅了他。这件事似乎把全班同学都打醒了，从此以后，大家伙儿都知道要尊重老师，听朱老师的话，并且课堂上也好好学习了。

后来"文革"结束了，开始拨乱反正，教育也正常了。那时最流行的话，是抢时间，争速度，把耽误的十年补回来。朱正威老师是最辛苦的。他本是教我们生物课的。过去，遇上哪位任课老师有事，或者病了，学生都是上自习。但此时，不管是物理、化学，还是语文、数学、外语，他都给我们代课。对有些学习不好的同学，也常常分类帮大家补课。他经常告诉我们，"文革"十年，他的专业和专长全被耽误了，他现在唯一的心愿，就是教好我们，让我们成为国家可用之材。

那时，每周只休息一天，但朱老师还叫班长经常组织各种活动，他也积极参加，如骑车郊游、爬山踏青、划船比赛、参观画展等，以使大家全面发展，身心愉悦，凝聚人心。

那时，我最大的爱好就是画画，水墨、水彩、油画，都喜爱，我立志要成为一个画家。有一天，朱老师叫我去办公室，告诉我，你如果想成为画家，现在必须好好学习，特别是要加强文学修养，没有文学的功底，你成不了画家，顶多就是一个画匠。他那天送给我两本书，一本是散文集《雪浪花》，另一本是短篇小说集《荷花淀》。从此，我开始喜欢杨朔、孙犁等文学家和他们的作品。

我们毕业后，1985年，朱老师当上了北师大附中的校长。有年校庆，他托我们那时的班长找我，要我画幅画参加校庆展，并邀请我回校参加校庆活动。我因为当时正在外地忙于设立一个新机构，没能参加。事后我找到朱老师，一方面致歉，另一方面询问让我们参加画展的缘由。他深深地吸了一口烟，告诉我："主要的想法就是，你们那一代人也充满了理想和才干，不是泯灭的一代。"

听他这么一说，我知道朱老师已不仅仅是一位中学特级教师，一位普普通通的校长，而是共和国的一位教育家了。

朱老师退休后，教育系统给予他极大的信任和荣誉，他一直是国家教委和北京市的督学。生前，朱正威老师还担任中学生物教材的主编，现在孩子们使用的人民教育出版社出版的中学生物课本，就是他主编的。每一册的开篇语，都是他亲自撰写；每一节内容，都经他字字审过。2021年，该教材还获得了国家首次评选的全国优秀教材奖。胡锦涛同志在当选总书记那一年的教师节，曾到朱老师家中，亲切看望慰问了朱老师。朱老师说，这是对全体教师的鼓励。

朱正威老师是平凡而又伟大的，他把自己的一生和出众的才华，都奉献给了祖国的教育事业，奉献给了成千上万的少年学子。他的为人为事为学为师，都浸透着一个伟大人格者的积极乐观的人生态度，以及一种对民族和国家的挚爱；浸透着他对教育事业的热爱和忠诚，特别是他对莘莘学子的无限关怀和深情厚谊，从而使他无我地忘记了，或者说是积极乐观地承受住了，在过去那么长的岁月里所遭受的种种扭曲、压抑和委屈。所以，我要把对老师的敬爱和怀念献给他，他真的是一位历尽磨难而依旧顽强修炼的觉悟者。

## 中央金融学院羊凌方老师

我的第三位恩师，是在国家机关工作过也在大学任过教的老师——羊凌方。退休前，他在中央金融学院教授文学与写作。

我是高中毕业后在上北京银行学校遇见羊凌方老师的，他当时教授的课程，是应用文写作。他很瘦，戴着一副半透明的眼镜，总是微笑，讲起课来，既温文尔雅，又其乐无穷。偶尔，他也来和同学们下下围棋。我爱看他下棋，清淡风雅。他酷爱唐诗宋词，讲起李白和苏东坡，既激荡又柔情。他的学问及研究令人折服，文章手笔大气通透。他为人谦和，与世无争，后来却为了帮我，一改从前的文弱，为我打抱不平。他说，这不是什么打抱不平，而是要伸张正义。

事情的起因一点都不复杂，就是我校学生与校外单位的民工发生了冲突，结果他们仗着人多势众，又是棍棒，又是铁锹砖石，我们几名同学被他们打伤了。我当时是学生会的副主席，见他们围打同学，劝阻不住，只能冲上去帮助同学，保护同学。事后我和同学要求他们道歉，但他们根本不理不睬，我们最终只能商议向他们上级反映。但是，学校领导对我的表现很生气，认定我一是也参加了打斗，二是没完没了地鼓动闹事。教务处主任竟然说是我背叛了同学们，结果几位被打伤的同学，都要来找我玩命。此时，是羊老师出面，找到那个单位的上级，要求他们前来道歉。他又跟受伤的同学沟通交流，使他们又都跟我和好如初。羊老师却因为帮助我，得罪了教务处的人。这个时候，我才发现，他真是怀有文人之傲骨，而且在那关键时刻，若没有他挺身而出、正义发声，我在学校可能就是身败名裂。

我本来善写散文，更爱和更想写小说。但羊老师劝我，一定要先学习写好应用文。20世纪80年代百废待兴，到处都需要写作人才。他觉得我的文笔老练，又不失文采，将来一定是个好笔杆子。

后来毕业之际，我还是被压制了，被分配到最底层的单位做日常工作。一天，羊老师竟然来单位看我，我一下子都愣了，因为一直没有联系，真不知他怎么问询才找到的我。

单位人多，不方便谈话，他要我下班去他家。

正好，他家距离我的单位也不远。

下班后赶到羊老师家，师娘已把饭菜准备好，羊老师打开一瓶好酒——"洋河大曲"，我就跟老师喝起来了。

羊老师为我准备了几本书，都是内部资料那一类，白皮红字。一本是一些部委的优秀范文，三本是管理学丛书，还有一本是情报类的汇编，都是外国的企业文化、企业形象设计和客户经理制度等。他真是一位智者，几乎预见了我的未来，恰恰是这几本书，在我后来的成长和发展的重要时刻，为我帮了忙，添了彩儿，帮助我做了超前的、大量的铺垫和精细的准备。

后来，我真的如羊老师所愿，去了机关，干什么都如鱼得水，水到渠成。

先是在银行开始推行客户经理制时，需要强化以客户为本的服务宗旨，但由于这是一种制度的创新，主办部室只写出了一个草案，就要开始推动了。

我从羊老师提供的资料中，看过欧美国家推行的客户经理制管理办法，就立即帮助他们细化并完善相关制度和管理办法，所以一下子就把客户经理制推上正轨。

后来，在银行网点装修工作中，我又借鉴国外企业形象设计理念，与专家一起设计并推出了经营网点的装修企业形象设计手册，以统一形象，集约化管理，更好地控制住成本。应该说，那一段时间，我不断进步，快速成长，而且一下子就忙得不可开交，一直也没去看羊老师。

后来，我的一位朋友，也曾在金融学院任教，他告诉我，他曾和羊老师说起过我，老师特别为我高兴。我让朋友帮我安排，自己也打电话，但羊老师都不叫我过去看他。他说：用不着！我一直都看着你呢，知道你的进步！你越忙越好！

后来，我终于跑到金融学院的教师宿舍楼里，见到了羊老师。他明显老了，头发花白，清瘦如常。

没聊几句,他就轰我走,还一再说,以后不要来看他。他最后告诉我:老师是不用谢的。帮助学生,是老师的使命。能成就一位同学,那是老师的福气,更是老师的天职。

是的,羊老师就是这样的一个君子,一位智者,充满了上善若水的智慧。

如果生命就是一潭清水,无论是细雨还是石粒,都可以激起层层涟漪,那就像是一股活力,被激活了,它们一圈一圈,越来越大。而那每一个点,都是老师的悉心教化。

如果把人生比作一个山谷,那山谷里的回声,就来自老师虚怀若谷的一声呐喊和激发的共鸣。

我们不能忘记涟漪的开始和它们不断扩大的活力,也不会忘记山谷里的那声呐喊,以及对阵阵回声的忆念。

## 我领略到的三种管理风格

我曾经在三个单位，遇到过三位不同的领导，他们的管理风格和工作作风，以及他们的领导品位，都很不一样，令我印象深刻。

第一位领导当过兵，敢作敢当，他的最大特点就是严厉，而且敢想敢问，敢说敢管。想别人不敢想，往往就意味着创新。他问别人的问题，其实也特别简单，就是你昨天干什么了？今天干什么了？明天你又准备干什么？我们都怕他这么问，因为这么一问，你回答不好，就相当于告诉大家，你不仅什么事情都没干，也不准备或者是也没什么好干的。

第二位领导比较亲和，他的特点是不想不问。当然了，他并非什么都不想，那怎么做领导？他总是非常专注地听你说什么，听大家关心什么。他每周听大家作一次集体汇报，主要是通报，工作进度、存在问题、下一步的工作思路和计划以及改进的办法，等等。你只要说清楚了，他什么也不问，所以大家都非常轻松。而且，他知人善任、知人善用，眼里不揉沙子。我们有位主任，能说能干，但脾气耿直，常遭人妒忌，有很多人在领导那里说他的种种不是。有一次这位主任犯了个错，所有人都觉得他的职位难保。但这位领导却说，我不会撤他的职，谁能不犯错？我们都是在错误中成长起来的。他这个人，人品极好，你们这么多人说他那么多不好，但他在我面前说起你们，都是这人哪儿好，那人哪儿好，从来没有听他说过谁不好。就凭这一点，他就是一个值得尊重和信任的好干部。

因为这位领导不爱问你，你当然也不知道他在想什么。但我特别爱跟他说，说一切我所知道和我想知道的话题。虽然我跟随他的时间不是很长，但他几次调整我的工作和岗位，都最大程度地激发了我的潜质和优势。

我跟随时间最长的，是第三位领导。跟随他，我进步也最大最快。他留给人的印象非常特别，有些人觉得他整天就是嘻嘻哈哈，可也有人觉得他整天都是横眉冷对。他爱想爱问，想起什么事情都要问，不管早晚。你千万别不接电话，不然他正好逮住你了。24小时，必须随时随地接听电话，这样才能保证管理和服务的万无一失。他爱想，你有什么事，他基本上都能猜想个八九不离十；他又爱问，那就基本上把你全身扒得一干二净。有时值班，他也会叫你去办公室，聊聊过去的事，问问彼此都熟悉的人。这一问，他一下子就知道你最近都联系谁了，谁又联系了你，然后他再那么一想一分析，就知道你近期的所思所想及工作状态了。你若是休了病假，那可一定要在家里待着，因为他一定会带着营养品来看望你，顺便再问问家里的情况。由于太了解你了，他跟谁混得都跟哥们儿一样。

与第一位领导接触，他敢问我也敢说。第一次见这位领导，是在一次座谈会上，我算是基层员工的代表。领导问我，年轻人对单位工作和领导都有什么意见和看法，我当时回答得非常直截了当，全是批评，特别是提出一些政策不合逻辑，充满悖论，为此还跟一位主管领导当场发生了争论，直至我具体地说清楚三个管理和激励政策中存在的前后矛盾，以及似是而非难以执行的问题，他才无言以对。这第一位领导一直认真地听着。后来，一位老领导偷偷告诉我：你太敢说了，要是以前，可要惨了。恰恰因为这次发言，第一位领导认为我有思想有水平，将我列入后备干部的名单。很快，我成了办事处最年轻的正科。

我的第二位领导也不是不想不问，而是该想

的他早想过了，他凡事都有预见性，办法、计划也都清清楚楚，跟着他干什么都轻轻松松，政通人和，常常既过瘾又意犹未尽。而且，他知道你最适合干什么，不仅给你舞台，还常给你搭台。

第三位领导一直是个以终为始的人，无论他要干什么，或者是要你干什么，总是先要把好处和结果，说得清清楚楚，特别爱把奖赏说得高高的，让大家都充满了激情和士气。当然了，大多时候他肯定兑现，有些时候也说了不算。但他只争朝夕，要干的点子接二连三，绝不会让你休息，你也根本不会在乎一时的得失，因为总有干不完的活儿，也就永远都有接连不断的希望。

后来，我总结了一下，他们都是我的恩人贵人，也都是我的良师益友，他们都充满了对组织的忠诚，对事业的热爱，对人的热情和真诚，特别是他们身上都具有一些可贵的领导特质。

第一位领导的最大特质就是勇敢，而且是基

于正义和善念的勇敢，所以他敢想敢干，敢问敢管，并勇于胜利，善于胜利。20世纪80年代，他是改革创新的先锋人物。

第二位领导的突出特质就是谨慎，而且是始终的谨慎。进入20世纪90年代，改革更深入，积累的问题也越来越多，既要创新，也必须化解难题。少说多干，发挥属下作用，对历史负责，对别人负责；既要积极化解残局，也要小心断后。这确是管理的智慧。

第三位领导的特质是耐心，而且是无比的耐心。几十年来，无数有这样耐力的领导维系着中国这条大船，走向深海。干一种事业，情深意长，又一丝不苟，兢兢业业。

这些特质，三位领导也都兼而有之，而且还有很多更好的品质，在此不一一赘述。严格地说，我是没有真正并认真学习过管理知识的，但之所以能够把自己的本职工作做好，恰恰是因为这些年来有幸跟随了这样三位好领导，从他们身上不仅学到了真实的管理思想，还实实在在地领略了不少他们的优势思维和领导品质。

## 一个神奇推销员的小故事

我经常会跟大家讲一本书,特别是销售经理和客户经理,这本书叫《世界上最伟大的推销员》。故事极其简单,我却从中体会到推销的意义,并不在"推销"。

故事发生在耶路撒冷。有个男孩喜爱上一位富家少女,想娶她,但娶富家少女必须有钱。想有钱,他唯一的办法就是去经商,成为一名推销员。

后来有人交给那个男孩一条毛毯,说至少可以卖到两个金币。男孩决定去卖毛毯,获取那或许在两个以上的金币,也从此开辟自己的销售之路。但是他到了耶路撒冷城里好几天,也没有卖掉那条毛毯。

他一直住在一个马厩里,那晚从城里回来,有一个婴儿刚刚在那个马厩里诞生了。正是隆冬,产妇和婴儿都冻得瑟瑟发抖。男孩见状,就取出毛毯,盖到母子身上。他决定不再当什么推销员,也从此放弃娶那富家少女的梦想。他并没想到,自己刚才拿出的不是一条普通的毛毯,而是一颗慈善的心。

于是,奇迹就诞生了。在男孩到施与他毛毯的恩人家,去受应该遭受的处罚时,那人非但没有处罚他,还给了他一袋金币,让他按自己的想法去做销售。那人看出,他一定会成为世界上最成功的推销员。

最后,他终于成为世界上最伟大的推销员。在他临终之际,有一个人找到他,带着他当初在马厩中送出的毛毯。那人说,自己是耶稣的弟子,耶稣告诉他,那是世界上最伟大的推销员很多年前送的生命礼,一定要跟他学习推销。

这个故事,是心灵鸡汤,是励志神曲,一下子把推销的事情,提升到一个高尚的层次。其精髓是,推销商品要先洗炼灵魂,宁可舍弃财物,也要挽救生命,这是人性的光辉,是推销的美不胜收的要义。

## 我的启蒙老师，
## 是一位没有父亲的人

在我二十岁之前，有位盛杰哥哥，对我影响很大，甚至可以说，他就是我的启蒙老师。虽然他也就大我三岁多点，但他简直就是无所不知的神仙。他在我家邻院，住爷爷家，亲生父亲去世早，有个又帅气又高大的继父。

他的继父可真的是特别能耐，工艺大师，什么都会做，连家里的摩托车都是他自己攒的。他还特别爱喝酒，酒后就喜欢打盛杰"玩儿"。

盛杰虽然经常挨揍，但他心灵手巧，继父做什么，他都一学就会。继父瞪着他，大概是想不清楚，这事跟血缘遗传到底有啥关系。于是，即便不喝酒，动不动也立即开打。除非盛杰母亲在家。那时，继父即便喝多了，也早早上床休息了。

盛杰的母亲是考古队员，不经常在家。他的亲生父亲也是考古队的，后来在荒郊野外，出车祸牺牲了。盛杰还有个同母异父的妹妹，生来就是大美人，可从来凡人不理。她喜欢爷爷，更喜欢同母异父的哥哥，所以父亲打盛杰，只要她在，就一定跑过去猛打父亲。

盛杰的爷爷也爱喝酒，但不是真喝，他的酒杯里，只有一点点酒，其余是水和蜂蜜，他只是特别喜欢喝酒的场面和气氛。爷爷家有钱，人也极绅士，多热的天也不光膀子，外出总要沐浴更衣。爷爷什么都不干，就是喜欢读书，尤其喜爱读外国书。很多年后，我才知道他老人家最喜欢看的那本厚厚的精装书，原来是法国版的《红与黑》。而且他治家有方，和和善善，从不发脾气，一大家子同处一个院子里，都规规矩矩，也从不说东道西。当盛杰的继父酒后打他的时候，除了妹妹，没人敢管。我喜欢去他们家，而且，不论吃什么，只要赶上了，都一定要让你吃吃尝尝，我至今都怀念他们家煎炸的带鱼和白水煮鸡腿的香味。

盛杰也爱看书，而且看完之后，最喜欢找我们显摆卖弄。我那时只爱画画，不爱看书，学校之外所知道的东西，基本上都是听他说的。

起初他说的主要是童话和寓言，后来才是古今故事和经典小说，再后来就是名人传记和文思哲理方面的心得了。

记得有一天，盛杰突然跑来，问我知不知道世界上第一个哲学家是谁。我肯定不知道，他当然也知道我回答不出，所以不等我回答，就告诉我叫泰勒斯。他还告诉我，这泰勒斯一生推崇哲学，认为哲学可以使人智慧，但他生活贫穷，于是攻击他的人便说，他的智慧无用至极，因为他的贫穷就足以说明一切。泰勒斯面对攻击，什么也没说。他精通观星术，预见到来年橄榄会大丰收，于是便在冬天，用极低价格租购了大量榨油器，第二年橄榄果然丰收了，榨油器立即供不应求，他提价出租，赚了一大笔钱。泰勒斯终于用事实证明，哲学家想赚钱，容易得很，只不过他们不是太关注金钱的人。

的确，很多事情和很多人物，我就是这么听他说，才知道的。甚至连很多绘画和音乐的知识，以及大量文学和科学的书籍，也是通过他了解的。后来，在很多知识抢答竞赛中，我都可以应对自如，无所不知。

慢慢地，我后来也喜欢读书了。但是，我有时也特别犯愁，就是那么多书，根本看不过来。

盛杰告诉我，有办法，不一定都要精读，一目十行，当你快速阅览时，觉得有重要的片段，或者你觉得有意思的字眼，再认真看，而且有些书可以慢慢看，知道一点是一点。像刘伯温的《郁离子》，看看开头就行了，知道为人处世，最重要的是不要陷友于不义，也就行了。另外，像《菜根谭》，放在床头，睡觉前随意一翻，翻到哪页看哪页，比如这页告诉你："勿仇小人，勿媚君子。"这就是要你记住：千万不要说小人不好，说他不好，他会追杀你一辈子。对真君子，千万不要献媚和卑躬屈膝，你即使说他不好，他也一样会帮助你。

盛杰的围棋下得也特别好，而且是攻击型的，足以匹敌专业棋手，街坊四邻，甚至是在棋院，只要是随便玩，没有谁下得过他。但是，只要是正规比赛，他一定是输多赢少。对这事，我一直弄不清楚，后来，还是他爷爷告诉我，他就是缺乏父爱。我最初似乎全都明白了，但后来依旧还是闹不明白。

有一次，我们一起去看电影《甲午风云》，看完他请我去喝啤酒。那时，啤酒论升卖，我们每人两升。两升之后，他突然问我，知道清政府为什么会输得这么惨吗？是心智的问题，就是没有父亲的心智，从骨子里不敢招惹人家，因为那时的中国，虽然有爷爷也有祖宗，但断代了，没有父亲，没有真正顶天立地的父亲！

他当时这么说，我根本听不懂，但我记住了他说的这句话，很久很久以后，我才隐约明白了他大概的意思。

后来，盛杰的继父中风了，母亲也去世了，爷爷还在，依旧很爱他，依旧喝自己勾兑的水酒。盛杰一直侍候他们。他没有结婚，也没有一个理解他的女人。

## 人生总要和一把

一直都喊他刘哥,其实他也年满六十八岁了,不管是在老城南,还是其他任何地方,都足以让年轻人喊他一声大爷了,但不管怎样,老朋友依旧喜欢叫他刘哥。他不抽烟,也不喝酒,整天乐呵呵的,最爱跟大家伙儿说的一句话就是:"人生总要和一把!"乍听他这么一说,您肯定以为刘哥是麻桌上的高手,但他从来都不碰那些玩意儿,他所说的和(hú)一把,其实意思就是每个人都要有一把他制作的壶。

刘哥不高且胖,但他穿着讲究,全是私人定制,所以永远给你一种雍容华贵的气度。刘哥眼睛又黑又大，但一笑，就眯起来了，更给人一团和气的印象。刘哥出手阔绰，最爱送人好烟好酒。因为他不好这些，全是别人送的，他绝不留着，转手就会送给别人。

刘哥是真正的有钱人，为人也特别大方，城南的人都知道，没吃没喝就找刘哥。其实真正富有的人，首先就是要在心态上富有，这样才不会在乎什么得失，才会打心底里说出那句话："千金散尽还复来！"刘哥就是这样的人，他手里不能有钱，有钱就要花掉，有钱就要帮助别人。好在家里都知道他这毛病。他家的老爷子，有钱就买房子，卖了房子或收了房租，就买国债，就是不给他一分钱。他的媳妇，就是我们的大嫂，也是如此，一分钱也不给他。但刘哥根本不在乎，他能花钱，可更能挣钱！有时钱多得花不出，真让他难受，但更难受的是见到好东西时，手里竟然没有钱。当然，没钱的时候，他也不愁,他可以找老妈去借。他跟老妈那儿永远都是只借不还,但只要借,老妈就给。所以刘哥总说,我老妈才是最有钱的人。

刘哥的老爸,那才是真正的北京大爷。中华人民共和国成立前在福德厚学徒,干了一辈子茶把式。论起喝茶,他还特别讲究,但他所讲究的,就是喝茶最好就喝高碎。他从不去医院看病,也不吃药,身上哪不舒服,就喝高碎,脸上手上有了伤,就用泡过的高碎一敷了事,家人朋友买茶,他也首推高碎,所以人称"高碎刘"。在北京,过去都讲究喝茉莉花茶,好的几十元甚至上百元一斤的都有,最便宜的是茶砖茶土,再往上是茶叶末儿,然后就是高碎。高碎虽然价格低廉,但由于它混合了各种茶叶的碎片,喝起来味香汤浓,因此极受百姓欢迎,常常供不应求。

改革开放初期,在北京前门大栅栏一带,甚至连天安门广场,到处都有红极一时的大碗茶,沿街叫卖，生意兴隆。那时刘哥和父母就住离前门不远的廊坊二条一带，独门独院，有间屋子还堆满了存了几十年的各种茶壶茶器，但他们什么都没干。一是那大爷看不上这些沿街叫卖的做派，用塑料桶打厕所的水，脏兮兮的，而且用过的碗洗都不洗，反复用，一点卫生也不讲。二是家里孩子们都有工作，没闲着的，像刘哥那时在房管所上班，是个心灵手巧又风华正茂的小木匠，刚娶的媳妇是粮店的会计，其余子女的工作也都是不错的铁饭碗。

　　后来还真有人拉大爷合伙干，大爷想去，但合家反对，因为大爷脾气不好，又有高血压的毛病。再往后，就有人开始琢磨他家存的那些茶具家伙什么了，大爷也不含糊，索性做起了批发业务，而且他认识茶叶公司管采购和管仓库的人，各种家什物件，一应俱全。经过这来来去去的一折腾，刘家人全明白了，这可是日进斗金的好生意。全家一合计，能请事假的就请事假，能休病假的就休病假，大家齐上阵。于是，在高高的前门周边，在大栅栏附近的街头巷尾，浓浓的刘家大碗茶上场了，而且一改其他茶摊的不好习惯，不仅桌洁碗净，用过的茶碗肯定要消毒清洗，绝不许用厕所的水，而且每天上摊，白帽子、白围裙、白套袖，都要整洁如新，连送水的三轮车和车上的水桶也是干干净净，三轮车上印有"高碎刘"字样的彩旗，也要每天洗熨。这么做，成本肯定是高一点，也耽误了一些时间，但买卖从一开始就好得一塌糊涂。

别人怎么卖，咱不说，只说刘哥一家的大碗茶是怎么卖的。只用茶叶末儿泡的茶水，两分钱一碗；用高碎沏的茶，五分钱一碗。免费续喝，一天好歹也得卖上几百大碗。刘大爷不仅率全家齐上阵，还不停地招人，哪儿游人多，就在哪儿设摊，而且什么茶鸡蛋、煮花生、炒瓜子一应俱全。白天沏茶卖水，晚上煮好茶鸡蛋和五香花生，然后全家挤一屋里开始数钱，直数得两手抽筋，天昏地暗。那时，还是计划经济，什么都缺，刘家是逮着什么卖什么，而且在刘大爷的影响下，全会吆喝。一卡车毛线，找个胡同口，用不了半天，就连毛线毛也卖没了。晚上又得数更多的钱。

做买卖虽说讲究和气生财，但那时候，什么人都有，挑理儿的，找碴儿的，偷吃偷喝的。刘哥一般就算了，但刘大爷眼里不揉沙子，嘴上更不饶人。他嗓门大，脾气又急，常常嚷嚷几句不成，就改成动手了，直到去派出所解决问题。那几年，刘大爷每天除了大小便，去的最多的地方就是派出所。

家里富裕了，大爷就买门脸房和店铺，当然有合适的院子他也买，而且那时便宜，最多的时候，大爷在北京的院子就有六十多处，然后刘哥带人修修补补，再卖就赚好几倍。在王府井、西单、前门大栅栏一带，大爷拥有的店铺多得连自己都数不清楚。后来，不卖大碗茶了，全家人散布到满京城做买卖，那时最有暴利的行业，当数倒腾电器和通信用品。大爷那时什么都不做了，每天就是骑着一辆小三轮，提着大黑皮兜，挨家挨户去收房租。一年少说也能收上好几百万元。

后来大爷年纪大了，以前的事更是全干不来了，但也不能闲着。他腰缠万贯，什么东西也不买，只买国债，一买就是百八十万。大爷跟哪家银行都熟，买了国债，还要等着银行送礼物，不管大小，不给就不走。大爷也整天下馆子，八大楼和各种特色风味，全不在话下。吃饱喝足了，还必须从店里拿点什么，不论是汤勺还是筷子，不让拿就不成。

那时，最火的要数老四川饭店，大四合院，领导们喜欢，外国友人更是慕名而来。于是饭店专门安排一个院来招待外宾，装修讲究，古色古香，厅堂家具，都是明清原物；所用餐具，也是景德镇特制的国色天香系列。那景德镇的瓷器，色白如雪，油润瓷薄，再加上绘制精致、色泽艳美的富贵牡丹，简直是人见人爱。这院子一般不对内宾开放,但偶尔也有例外。刘哥常来这里请客,上下全熟,赶上没有外宾时,他总要包下院子,请人待客,虽说要贵一些,但只要来宾高兴,刘哥自然更是高兴。大爷七十大寿的时候,刘哥安排来这里庆祝,但忽略了老爷子餐后的嗜好。那天老爷子特别高兴,不仅吃饭胃口好,想拿的东西也特别多,他先把自己用过的汤勺和筷子悄悄放入背后的黑色皮包,然后又开始装碗和盘子,被新来的服务员看一正着。服务员坚持必须把餐具放回来,大爷哪干!无论刘哥怎么说回头肯定还回来等等,服务员就是不依,还叫来了领导。领导也没说什么,就是要刘哥事后一定还,不然餐具就不全了。刘哥诺诺。但临走时,服务员还是抢过了黑包,老爷子哪肯罢休,双方一抢,黑包落地,碗盘皆碎。刘哥本来是好脾气,那天也气了,上前揍了那服务员几下,结果服务员报警了。警察来了,调解一番,餐具破损,双方都有一定责任,但打人不对,必须道歉。最后经过几方调解,赔了饭店一千元,而那顿饭只花了五百多元。不过,打那之后,大爷除了去胡同口的北京小吃店,吃吃糖油饼和豆腐脑,什么饭店都不去了。

刘哥自己以及他的兄弟姐妹们也都有钱了,后来也是干什么的都有。但刘哥一直是自己喜欢什么就干什么。他特别喜欢收藏。那时候懂得收藏的人不多,所以遍地都还有好东西等着他收。于是,刘哥每天就是出入各种市场和大街小巷的商铺,专找好东西买。也有好多人到处拣货,攒一块儿任刘哥挑,刘哥基本上每次都是全收。经过几十年的积累,刘哥的藏品可谓五花八门,争奇斗艳,好货云集。但这中间他慢慢觉悟了,因为全国人民都开始喜欢收藏,而值得收藏的好东西越来越少,所以他开始只要他真正喜欢的,最后他终于锁定一种物件,他觉得这家什是与他真正有缘的,这就是后来他最最喜欢的紫砂壶,说到底,就是那些紫砂壶,有着他能看得懂的文化和他喜欢的艺术，后来这些年，他索性就跟那些紫砂壶大师厮混在一起了。现在，他制作的紫砂壶也已跻身大师作品之列。

某年，刘哥在南城马连道附近租了一处大库房，用来安排他的那些收藏，并成立了自己的工作室，后来那里成了他燕京八景艺术收藏的大本营，特别是他那紫砂壶的世界。

那时，普洱茶随着茶马古道的成功营销，打进了北京，而且在马连道一带形成了一个巨大的茶叶市场。刘哥是不能闲着的，他看好这个市场，加上又有着成功经营大碗茶的经历和背景，一下子就成了这个市场的红人。他走到哪里，茶商们都会捧出最地道的特产招待他。他先是喜欢普洱，后来也慢慢开始喜欢红茶，最后更是喜欢白茶。

其实刘哥本来就是讲究喝茶的，而且他早就不喝高碎和北京传统意义上的茉莉花茶。但再讲究，喝的也不过是龙井和铁观音而已。

他决定也在马连道开一座大大的茶楼,既卖茶也品茶,兼展示他的紫砂壶。但对茶楼取什么名,他十分纠结。再叫"前门大碗茶"?虽有源头,但太土,肯定不行。有人建议他叫"京城一盏茶",比较雅,他觉得也不行,太小气。又有人提议叫"京城第一壶",他觉得这个还行,但名字取得又有点大,而且到底是讲喝茶呢,还是指卖茶壶呢?让人分不清楚。

有一天吃饭后,朋友们非要去歌厅放松放松。刘哥也爱唱歌,也喜欢闹一闹,但他知道喝酒的人,酒后去歌厅,总会有好些麻烦,所以碰上不能不去的时候,他总是先把一切都安排好。最重要的是,要把所有的账单都结了。然后他就借口说要去看老母,离开这里。刘哥是孝子,这些年,不管早晚,他一定要去老宅子看年纪越来越大的老母。朋友也是,只要来了,又已经有人结账,他在与不在,也就没人太在乎了。但是那天,一位朋友大哥喝多了，先是死活不让他走，最后又要求他看完老母后必须回来，不断嘱咐他："还要来，还要来！"终于，他的茶楼就取名叫"还要来"！

"还要来"大茶楼，可谓一炮打响。他的茶楼，不仅来的人越来越多，而且"还要来"的也真的不少；不仅仅是为喝他的茶买他的茶，也是来看他这里摆放的成百上千的、各种各式的紫砂壶。这些蕴藏着上千年历史风韵、传承古今文化传奇的紫砂壶，打动了众多看客的心。打动人心的还有那精心策划的宣传口号："人生总要壶一把。"

是的，将一把小小的壶和壮美的人生混搭在一起，这样的人生就一定要和一把！最终，他的茶楼变成了紫砂壶博物馆、教育系统的爱国教育基地，确确实实地成为京城紫砂壶第一楼。

现在，在茶楼大门口上方，有个金灿灿大匾，上面就是刘哥常常挂在嘴边的那句话：人生总要壶一把。

刘哥从来不玩麻将，但他这么一说，却把成

功学的所有理念全聚焦在一把壶上了。当然,喜欢打麻将的人,也往往可以从他这句话里,找出打麻将的精髓和灵感。最后,常常会买上一把壶,和个痛快!

## 我与墨墨的一面之缘

墨墨是一位师兄的女儿,我只见过一次,在这之前和之后一段时间,应该说对她的了解极少。最初,只是在熟悉她的友人们偶尔的议论中,知道师兄的女儿叫墨墨,有十七八岁,问题似乎很多,家人和朋友都甚为担忧。

2019年春节过后,大家相约聚聚,那位师兄带着墨墨来了。她的头发超短,发色更有个性,棕黄色中还夹杂着黑、白、蓝等颜色。可能是因为初次见面,她还有些拘谨,很少说话,偶尔说一两句,语速极快。即便这样,也不能掩饰她身上洋溢着的一种干练劲儿。她真的不是很漂亮，可很文雅，眉宇间还有些男生的刚毅与雄气，虽然我们交流并不多，但就是觉得这孩子有一股秋瑾式的，或者是其他什么说不清的味道。

那晚，除了年纪大的人和与墨墨同龄的孩子没有喝酒，其余的人都享用了。女士们主要喝梅酒和红酒，男士们全喝白酒。墨墨好像都喝了一点，让喝什么，她就喝什么，自己倒是没有要过。那晚是我张罗的饭局，所以她的酒基本上也都由我关照，因为觉得毕竟还是孩子，也不敢让她多喝，尽量不把酒斟满，但只要倒上，她就会一饮而尽。大家都说她非常能喝，但我没有领略过，那天终究没有让她显露喝酒的天赋。后来曲终人散，我也就很快忘了这件事，甚至也几乎忘掉了墨墨这个人。

大概过了半年，去那位师兄家，才知道墨墨已去英国上学。师兄家是一幢很宽大的西式别墅，布置既典雅又乡村。屋里上上下下、大大小小的画作，全是墨墨的作品，这下着实让我吃惊不小。特别是她的油画，画风纯粹老练，造型取势也都颇具匠心。她画的人物多是自己和家长，最多的是已经离世的姥爷，即便没有清晰刻画面部，似乎也都抓住了人物的灵魂。由于很多画作像是未完成的状态，整体看上去更具印象派和抽象画的底蕴和格调，俨然就是哪位大师之作。看到这些画，我立即明白她身上那股看不清的味道，其实就是巾帼不让须眉的才气，而且所有画都彰显着她那艺术灵魂的空灵和创作想象的无拘无束。

我曾经酷爱绘画，而且由于要写一部长篇小说，专门研究了好长时间绘画的方方面面，因为书中主人公是一位杰出的现代派绘画大师。为了写好他，从绘画理论、中西方美学，到现代派绘画的精神，甚至对相当于现代艺术灵魂的丑学，我都做了深入的研究和探讨。因为有这样的知识构造，我立即知道这孩子的画，距离大师之作已经不远了，而且她似乎已经找到表现这个世界和自己想法的语言。再想到大家对她的种种议论，我顿时觉得这孩子一定活得特别孤单。

别墅里养了两条狗和一只猫，据说那猫是墨墨从外面抱回来的，当时伤得厉害。她喜欢各种动物，经常会把受了伤的动物带回家，亲自疗养，直到它们痊愈。

后来师兄还告诉我们，墨墨在英国的住所，从墙壁到屋顶，都被她画满了，最初房东不同意，但看了她绘制的草图之后，非常高兴，乐意她画。就是前两天她刚刚摔了一跤，把牙齿都摔坏了。我当时一听，真觉得这孩子应该赶紧回家，因为她尽管是艺术上的天才，但日常生活里可能还需要别人照顾。

去年年初，偶然听说墨墨回来了，想到她很能喝酒的样子，我真想好好请她大喝一场，而且相信她的酒量绝非一般，但当时疫情十分严重，觉得没有召集大家聚会的理由，只好等待时机。不过，当时既没有询问她什么时候走，也没有跟谁提想请她喝酒的事。再后来也就什么都忘记了，直到再去她家，才想起喝酒之事，可墨墨早回英国了。屋里又多了几幅画，风格还多是老样子。

闲聊之际，师兄家人告诉我们，这回墨墨又救了一只伤了翅膀的鸟，每天都给它抹药喂食，直到小鸟能正常飞了，才将它放飞。我不喜欢动物，一直视酷爱飞禽走兽如同亲人的人为另类。但我相信，墨墨的行为完全出于一种浓浓的大爱。

就在今年春节前的一个早晨，猛然听说墨墨往生了，真是晴天霹雳，先是一愣，一点不信，随后心像被油煎炸一般，又热又卷。那一刻，我相信我可以感应到她灵魂的荒凉，也能感觉到她惊慌失措的无奈，她真的就像一个婴儿、一个赤子，刚刚惊慌失措地来到人间，突然又这么惊慌失措地去了我们曾视作虚空、一个我们根本看不见的世界。我质疑，我质疑这发生的一切。

当然，人终有一死，不是不可以发生，只是发生得太突然太快了！也不是说世上没有孩子夭折，但问题是为什么偏偏发生在她的身上。她已生活在自己的那个世界里，根本不会妨碍别人的事，到底发生了什么？真不明白她到底是怎么了，而所有这一切又都是因为什么？当然，我的问题，是习惯于有问题绝不问任何人，而是喜欢自问自答。我一次次猜想，这一切可能是怎么回事？心中疑虑重重。

后来一切都清楚了，完全是药物过敏所致，可以不必再胡思乱想什么。但心里依旧摆脱不了这件事的干扰，又开始感慨人生的悲哀与生命的脆弱。年过六十，人生中的一般喜怒哀乐似乎已难以震撼和触动自己，但不知为什么，忽然对这个只见过一面的孩子给予如此关注，乃至伤心惆怅。

当然，我最终明白，这一切都是因为怜惜她那充满艺术能量的创作才华和风华正茂的青春生命！生命啊，本身就不是什么普普通通的东西，不是可以随意摆脱和抛弃的，我们必须尊重生命，珍惜生命，因为生命是一切之本，一切之源，一切一切的轴心。而那艺术的生命，艺术的博大精深，也正是那个生命的展示和映射，因此更可以知道这一切又是何等的玄妙与殊胜！

我与墨墨只是很简单地见过这么一面，而且这一面没有给予她任何的帮助和令她称心的关照，也留下了诸多的遗憾。然而，这一面足以圆了我们的缘分。这一面，让我记住一个才华横溢的生命，在这个世界曾经闪现，也会成为我记忆中一个永远难以忘怀的瞬间。仅此一面，也足以令人不断地怀念她、忆念她。

## 《秘密》之外的一个秘密

大概是在2012年，去香港开会并走访几家合作单位。余暇，大家都爱去逛书摊，我们都爱看那些最流行的书，只有范和不同我们一起。他爱逛书店，特别是大的书店，而且，他还总是爱选一些别人不看，可他觉得特有思想的书籍，偏哲学和科技思潮，总之在我们眼里有些另类。

一天，他买回一本书，花花草草的，书名《秘密》。他如获至宝。

说起秘密，他这人就有那么点神秘兮兮。据说他的家人也都是搞秘密工作的。而他干什么也都是小心翼翼的，似乎唯恐暴露了什么。那书我翻了几页，繁体字，还没看明白怎么回事，他就要回去了。

三年后，我终于在首都机场的书店又看到那本书，样式和香港见的差不多，但里面全是简体字了。我买了一本。但这回也只是又翻了翻，因为自己的书，更不会着急看。后来可不得了了，那书的版本，开始五花八门，甚至解读的读本，也接二连三，直到出了《秘密的秘密》，我才彻底把那《秘密》看了一遍。但是，居然没有看懂。

后来碰到范和，赶紧向他请教，他看看我，又看看四周，极像电视剧《潜伏》里的余则成跟谁接头一般。

他告诉我，这书的确不简单，也不是一般人需要知道的，必须把它列入秘密的范畴。我一听，知道这事与我无缘了，因为我这个人，从不喜欢遮遮掩掩，说话也总是爱扯着嗓子喊。但是，他却好像挺想要告诉我这里面的秘密，他让我晚上去他家。

他家不太大，全是书，灯也不太亮，昏昏暗暗的，也极像接头地点。不过，台灯底下还行，全是中外各种版本的《秘密》。他又打开电脑，里面也全是《秘密》的资料、摘录和研究。最后，他打开一篇文章，是他写的关于《秘密》的研究。

文章的大概内容是说：

秘密有多重维度，也有非常宽泛的领域。有国家的秘密、军事的秘密，企业也有它们的秘密。而更为重要的，是人类的出现和人的思想诞生的秘密。

全世界最早和最普遍的传说，就是神造的人，而且使用的是泥土，这也是秘密；目前公认的说法，人是进化而来的；当然更多的人喜欢说，人是外星生命移居的结果；当然，佛是讲不可说不可说。随着科学的发展和技术的进步，这个问题似乎更加难以说清了。对于这一点，他说他是清楚的，但是这可是根本不能说的秘密。因为人的生命从根本上讲，是对信息的争夺和能量的吸引。

当然，人最重要的是要有思想，有了思想就有了一切。对于人的思想从何而来，意识观念如何产生，他认为不同环境和不同时代都不一样。住在中国四合院和有亭子的空间，人们接收的信息是天人合一的。住在现代城市，人们感受深的可能就是速度与噪声。只有思想深刻和大有作为的人，才不受其干扰。现代人的生活都是过去人们思想的映现，所有的想法，都曾经在漫空中飘曳，最后，接近的思想，就被思维方式和思维频率相近的人，吸引到一处，而且每个人心中的磁力，都无比强大，他们几乎毫无意识地就把它们吸引过来。其实，一切都是无中生有，如果更便于你理解的话，就是好梦成真。所以，为了将来免遭报应，一定要多多生发好的想法。当然，每个人想得最多的，其实就是金钱与财富。有了它们，你就可以拥有一切。所以，接下来，最重要的事情，就是财富是怎么被有钱人吸引去的。

　　毫不夸张地讲，世界上近99%的财富，为1%左右的人所拥有。为什么？这就是这个世界最大的秘密。这个秘密的核心，就是他们知道如何吸引财富，他们的意识，他们的思想，只有财富，任何与财富相悖的观点和想法，统统都要去除，他们眼中只有钱！因为他们眼中和思想里只有钱和与钱相关的想法和目标，他们在吸引财富方面的力量特别强大。严格地说，他们之所以相信这个秘密，就在于这个秘密的核心就是，思想可以变成实物，也就是哲学家说的精神变物质。这么一讲，现在就可以说，思想的过程其实就是创造的过程，每一个想法都能持续不断地进行，你就进入了一个创造的区间，你的想法，未来或未来的未来，一定会以实物映现给你。从好的方面说，创造你生命的一切，真的就是你的思想，这在童话和动画世界比比皆是，它们可都不是胡说的。但是你信吗？你信，你就是那1%。

说完财富的秘密，我们现在最该说的，就是爱的秘密。爱才是这个世间最大的动力。

其实，一个真正觉悟了的人，就生活在爱的波动中。在他心中，只有利己利他，是一个爱与被爱同在的世界，一切都是要分享的，一切都是要共赢的，种善因得善果。之所以要说爱的秘密，是因为爱的吸引力是最强大的，一个人能有爱他人的力量，就足以改变世界。

在这个世界上，最伟大的情感就是母爱，最动人心弦的就是情爱，最伟大的艺术佳作就是爱的付出。如果思想与爱相结合，又将如何？

给予思想力量的，就是情感，至高无上的就是爱，充满了爱的思想将是如何强大！这时，问题就随之而来了：二者很难相融相依。有思想的人，对爱的追求往往就淡薄了；而爱心重的人，往往想的不是那么多。

所以，这也是个重要的秘密，就是当你深知

你所在的世界，了解了你的宇宙，你还必须充满善念，充满和善，充满爱。这样，所有的美好才会接踵而来。

当然，你是很和善的，也充满了爱和善念，但你为什么一事无成，原因其实就是你太善了。现在就告诉你，这个宇宙更大的一个秘密，就是要下命令，你需要什么，想要什么，就要下命令。给谁下？谁都行，哪儿都行，对着父母亲，在学校，在单位，甚至是在见到让你春心荡漾的人的时候，你就对着虚空，说出你所需要的一切。就像是阿拉丁的神灯："你的愿望，就是给我的命令！"不是只有三次，随你所愿！你生命的贵人，就是巨大无比的宇宙，你下命令吧，或者是写下你的要求，而且要坚定不移。其实，我早就知道世界就是这样的，但没想到真的就是这样！不过，他最后还是给了我一点忠告，就是只要有利于人，千万不要吝惜，一定要有富足的心态。

那晚,从他家出来,走在空荡荡的街上,已没有往来的车辆,更见不到一个行人,但我心里是充足的、富有的。这感觉久久不肯离去。

后来才听说范和是范蠡的后人,可他给人的感觉,是这人一直很穷。不过,他前几年写了一个剧本,就叫《范蠡》,因为说的是中国最富有魅力的财神,再加上中国最美的美女——西施的传说,所以此剧一经播出,就红红火火。之后,又是出书,又是电视剧重播,范和一下子就富得不行不行的了。

## 二十多年前的一件小事

2000年去台湾，一位朋友非要我帮他带一种茶叶，说叫圣水观音。这茶叶名听着就很美，于是我答应他，一定帮他带。

到了台湾，我几乎逢人就问，哪里有卖圣水观音茶的，居然，所有人都不知道。最后，同行的人都觉得这就像是个笑话。因为谁都知道台湾的特产是高山乌龙。

负责接待我们的爱莲小姐倒一直帮我记着这件事，她认为虽然没有这种茶，但一定是有个叫作圣水的茶楼什么的，或者老板就叫圣水。

但按她的思路寻找，依旧还是没有下文。最后索性谁也不问了，直接将高山茶和乌龙茶，各买一大桶，就算彻底了事。

去阿里山玩，山下有个不大的观音寺，因为已走得太累了，所以决定不进去朝拜，只往门口的功德箱里放点钱算了。可翻腾半天，兜里没有零钱，只有几张面值一千元的纸币。拿着一千元，犹豫着，到底是放还是不放，最后终于决定就放一千元吧。可正在这时，从寺门旁开的一间茶室里跑来一个姑娘，她手里拿着一叠一百元的票子，说不用放这么多，放两百就行。她换给我十张一百元零票。

我放了两百元到功德箱里。很感激，随后就拿着八百元尾随她进了茶室，准备买点她的茶。她换茶洗杯，一会儿就送上了热腾腾的高山茶。那天一直下着小雨，有些阴冷，喝下她的茶，很快觉得暖和多了。脑子里还一下涌出两句诗：

雨冷天寒山茶暖，

观音赐福圣水来。

我随手将这两句诗记在兜里的记事本上，还让她看，她边看边用她那特有的软软的语调说："好呀好呀，你怎么知道我的爷爷就是叫圣水的啊？"

这让我大吃一惊，看来导游的分析真是正确。果然，她的爷爷真的就叫圣水，祖籍福建，过去一直自己种茶，种的还是地道的福建安溪的铁观音，那时圣水观音在这一带可是大名鼎鼎。但那些茶树只有他老人家能伺候，老人家几年前就去世了，现在他的后代也只经营当地独有的高山茶了。我那天买了很多这店里的高山茶，回到大陆，我跟能喝到这茶的人，都说这茶的名字叫作圣水观音。

这真的不算是什么值得说的事，但二十多年了，我一直忘不掉它。

## 我的职业生涯和我的文学梦

子曰:"三十而立,四十而不惑,五十而知天命,六十而耳顺……"

这几句箴言,还真的是人生发展的金科玉律,也是每个人职业生涯规划的基本范式。因为在成长的道路上,由不得你不跟随圣人的脚步,你要亦步亦趋地开始自己青春的岁月,步入中年的沧桑,直至六十甲子的到来。

我二十岁以前,梦寐以求的是当个画家。但那时画画的确困难重重,没有好的老师,缺少学习的资料,最缺少的是画画需要的钱。好在那时,我动手能力很强，写生用的画夹，包括后来的油画箱，都是我自己制作的。

改革开放之后，这些基本上不是问题了，但我突然不喜欢画画了，受中学班主任和语文老师的影响，我开始喜欢写散文和小说了。我那时甚至可以背诵杨朔的散文，尤其爱看《七根火柴》《荷花淀》《百合花》等小说。

20世纪70年代末、80年代初，那时的人们都像是经历了一个长长的寒冬，春天的美景，让大家生了情，浑身上下都兴奋不已。我当时就特别想用文字来表达我的喜怒哀乐、真情实感。

当然，那时的文学阵地也特别多。我最早是在内蒙古的一本诗刊《红柳》上，发表了一篇很短的诗，得到了第一笔稿费——8块钱。后来又陆续在《科学日报》副刊发小小说，写的什么都记不得了，只记得其中一篇名字叫《二虎相克》。印象最深刻的是在《北京晚报》上，发表了一分钟小说《选》。

这中间还发生了一段插曲。当时是我的一位朋友最先在报上看到这篇小说，并且发现署名不是我。我们都很气愤，料定是被人剽窃了。第二天，朋友陪我一同找到报社，负责的是魏老师，他听了我们的投诉，看了我带去的手稿，首先致歉，因为那人已经致电报社，报社正准备发文更正。后来果然很快更正，稿费也迅速寄来了，大概是16元。我那时兴奋了很久，因为在当时，能在"一分钟小说"栏目发表作品，是何等的殊胜、何等的骄傲！这一切更坚定了我要成为一名作家的决心。

但是那时候，受一帮朋友的影响，我开始疯狂喜欢上现代派小说及其写作：意识流、卡夫卡、加缪以及萨特之类。似乎形式上的创新才是文学，让人看不懂才是小说。而且，不这么写，就觉得不过瘾。

那时，可以这么讲，为了创新，把什么都忘记了，为了找到创新的灵感，只有从梦里去捕风捉影。

但是，写出来了，也没人看得懂。总的来说，这十年，我过的是白天平淡、夜晚不朽的生活。白天，在单位能完成日复一日的工作；晚上，那不到20平方米的小屋，就是我现代派小说的写作天堂。这当中，我写出的作品有《梦梅》《回归的图画》《恍惚的人》《都是疯狂》等，但基本上无人能够读懂。

30岁那年，单位领导忽然发现了我，把我从基层业务岗位调到了管理机关。这一下对我的作家梦冲击不小，因为一到机关，在那么多领导的眼皮底下，就别再想像过去那样整天敷衍了事。当时真想辞职或换个新的单位，但再想想那些有个性的作家，要么辞职，要么当上联防队员，混得十分艰难，我当时也就没往这一步走。今天看来，当时的选择还是对的，即便当时成功了，现在的人也没心思看那些神经兮兮的玩意儿。特别是后来看了穆时英先生的《上海的狐步舞》之后，我突然发现，中国人的现代派小说，他在几十年前就完成了，我们再写……这一下，我不再执着于文学家的梦幻。

总之，30岁以后，命运弄人，我带着自己的文学梦，进入繁忙嘈杂的行政管理的行列，一干就是30年。终于，我不再是什么文学青年。

不过，起初还是经常要看看一些名家的新作，特别是每年荣获诺贝尔文学奖的作家，他们的作品一出版发行，一定快速找来一看。出差时，特别爱逛当地的书店，而且依旧对上海译文和上海文艺等出版社出的新式小说充满浓厚兴趣。但从40岁开始，我关心的全是管理、企业文化和哲学哲理的书籍了。关注的出版社也改为以商务印书馆、三联书店等出版社为主了。再后来，更常常忙得一塌糊涂，信息来源基本上是《文摘报》和《读者》等快餐读物。

50岁后没那么忙了，我基本上每年要读上一百本书。这一百本书中，可以有《古文观止》，没有一本小说，我开始喜欢充满生活气息和思考的那些故事，给人以正能量的那些智慧。当然，有些事情或故事本身不是这样或那样的，但只要经你思考和解说，就会成为那样。比如，有这样一本书，叫《硬球》，说的是美国政客的耍人黑幕。但我觉得书中也有特别多的东西，比如其中一对一营销的技巧，可以启发我们如何与人交往，而且，所谓的硬球，就是要找一找你身上的优势，找到你能够出奇制胜的关键一招！

现在我退休了，可以无拘无束地补做我的文学梦了。但是，现在的我，对创新已然没有什么兴致，只是现在为了写这些，又什么都记起来了。

## 我为什么把《碎了，红尘》写成了《往事如烟》

2014年，有部电影，很吸引眼球，说的是过去的一些悲惨往事。电影里的人在哭，看电影的人也在哭，而且，大家相约，一块儿去哭。

我是和好友们一块儿去看的。好友们都哭得不行不行的了，我没掉一滴眼泪。从影院出来，我们发生了激烈的争论，就是到底应不应该哭。争论到最后，我提出，根本就不该拍这样的电影，至少不应该从吸引人们这么流泪的角度拍。结果，所有的人都觉得我这个人太强势，连流流眼泪都不让。

回来之后,我辗转反侧,孤枕难眠。最后索性起床,找出那堆便笺和纸片,这些都是我平常只言片语的积累,是为要写的一部长篇小说《碎了,红尘》收集的资料。这部小说原计划退休之际开始动笔,写三十万字,分上下两部,这时我决定了,现在就写。因为过去一直没有时间写这么长的东西,那时正赶上我因为脚骨骨折,在家休息,于是我决定,好好利用这个机会,把假休足了。

我休了整整三个月,把原计划的长篇题材写成了一个中篇,而且特别想告诉大家,有些事情,不一定需要眼泪。

我之所以这么说,不是没有依据的。一个伟大的、成熟的民族,是能够经受各种挫折和痛苦的。经历了两次世界大战的各国人民,也都深深领受过战争的残忍,以及那万劫不复的悲伤与痛苦,但他们的文学与艺术作品,更多的是歌颂人性的真善美。

苏联的卫国战争,以及残酷的清洗,给这个

国家和民族带来的苦难是有目共睹的，但苏联时期有部电影，就叫《莫斯科不相信眼泪》，概括了他们的乐观精神与态度；反战电影《这里的黎明静悄悄》，用那些美丽女战士敢于牺牲的精神，讴歌了反法西斯战争的伟大，也揭露了战争的残酷和悲壮。这里我尤其想谈一下苏联电影《战地浪漫曲》。

电影伊始，在卫国战争中，一个普通小战士发现自己暗恋的人，是营长的恋人。她美丽开朗，能歌善舞。后来，营长牺牲了，战争也结束了，那个小战士开始了普通人的生活，他暗恋的人离开了他的视线，他结婚了，过着普通人的生活。

应该说，战争是人类最血腥而残酷的暴行，但这里，影片告诉我们，残酷的战争并没有泯灭人类的爱美之心。

后来，那个小战士，偶然看到他的梦中情人，她正带着一个孩子，在大街上卖热气腾腾的糖饼。于是他过去买糖饼，后来也总去买，他们开始熟悉了。那女人依旧漂亮迷人，街道办事处的军代表一直想娶她，但她不同意，同这个小战士的交往却越来越密切。小战士的太太是位教师，她贤惠开明，发觉了丈夫的秘密，并跟踪丈夫，找到了他的情人家。她决定自己来解决丈夫的问题。两个女人开始有些冲突，但后来喝了一杯酒后，一起唱起了《红梅花儿开》，一笑泯恩仇。小战士再去情人家，那情人正和依旧戎装的军代表举办婚礼。

小战士万般无奈地走在初春的夜晚、寂静无人的大街上，道路两旁楼房的雨水管，偶然有融化的冰凌滑落，被他发现。他过去踢了一下，"哗啦啦"落下一地，于是他开始在道路两边来回奔跑着，去踢那些雨水管，听冰块"哗啦啦"不断滑落的声音。结果骑警来了，小战士被绑住双臂，放到马上。行走中，他的教师太太来找他了。她双手扯着披风长巾，一边赞美警察，一边叙述丈夫可能受到的伤害。影片结束，小战士和太太面对面站在一起，他的表情极其无奈，万般无奈。

是的，在很多事情上，人们都可能会很无奈。但这就是生活，就是真实的现状。人们不可以都随心所欲，生活中的抉择，利益中的交换，对幸福的追逐，对平等的要求，特别是对承诺的遵守，冲突的解决，等等，世上的人，有时会有同样的无可奈何和力不从心。所以，古人才会有"无可奈何花落去"之慨叹。

其实，人类社会从来都是苦难不断，但人类永远都充满了对理想的追求，对美好喜乐的追求。这正是正能量的人生态度和历史不断发展的内在动力。

我写的《往事如烟》，里面的主人公主要是二十世纪五六十年代和七十年代出生的人，他们生活和成长的岁月，正是"文革"发生和结束的主要时期，有的家人被批斗，有的年轻人上山下乡，等等，这一切，都是真实的生活。但是，这些人，依旧正常活着，依旧充满了爱，依旧有追求，依旧自强不息，并且在他们的生活中发现美，创造美，甚至是创造奇迹。这就是这部小说的总格调和主题。

人性中的美和好，在战争中泯灭不掉，在任何灾难中也不会泯灭，只要有爱美之心，慈爱之心，和平就一定可以来到，平安幸福也一定降临人间。因此，我们永远不要忘记追求自己的理想，而且要对人类的真善美永远充满发现之心和赞美之情。

2014年10月，我完成了《往事如烟》的初稿，后来，正准备修改的时候，发生了一个小插曲。一天，我跟朋友一同去横山书院听课，那里正好有一个历史研习班开课。我小说中的主人公李初见，后来应该是一位历史学家，所以，我觉得应该再好好研究一下历史。在听一位教授讲商鞅变法那些事时，我做笔记的笔掉了。笔掉下时，在我的膝盖上弹了一下，那时我的意念立即闪了一下：它再也找不回来了。果然，我趴在地上，把前后左右直径范围五米内的地方都看遍了，就是没有。我想了想，这一切的意思可能代表着什么,我当即决定把那部刚刚写完的小说放下。直到五年多以后,疫情特别严重的那段时间,我才重新把这部小说修改完成。

## 一次空而不空的敦煌文化之旅

十年前,我随横山书院先去了甘肃敦煌的莫高窟,又去了英国,看到从中国盗走的那些敦煌文物原件,以及听英国的教授学者讲解对敦煌的研究和发现。

在敦煌,观看了很多开放的、不开放的石窟。但一切都不如看图册清晰,而且令人遗憾的是,那些重要的地方、重要的东西和关键的物件,全不在了。

到了英国,真的是有三个没想到:一是没有想到敦煌那些精美的原件,很多在大英博物馆;二是没有想到敦煌的研究是在国外,而且如火如荼;三是没有想到有那么多外国教授学者喜欢中国文化,他们的研究五花八门，也十分精彩，引人入胜。

在英国的七天，我们基本上都是在剑桥大学度过的，当然也去了牛津。就这样，在回顾敦煌的艺术和参与敦煌的研究的同时，也找机会好好领略了一番英国的教育及其传承。

五月的英国，天气十分凉爽。我们在傍晚时分来到剑桥大学，目之所及，到处都是草坪，不大，但都有名称，比如基督草坪，等等。暮色中到处都能看到一种白色的小花，空气中也弥漫着这小花的芬芳。浓重的云朵布满天空，但它们的尽头正显露着一抹晚霞的胭红。后来，天空飘下了蒙蒙细雨。细雨中，我们经过了五百多年前建造的国王学院，那应该是对大英帝国历史上热衷于教育的纪念。在今天看来，它们也是建筑与艺术的完美之作。远处传来小提琴的旋律，那声音或远或近，又如歌如诉，至今想起都心潮澎湃。

最后，我们到了导师的居处，他正在这里做

访问学者。那建筑也很奇特，取名叫达尔文的寓所。在露台上，可以凭眺剑桥远远近近的模糊光影，剑河两岸全是招摇着的点点灯光。那剑河就是徐志摩当年所称的康河，说到康河，怕冷的女生们都尖叫着跑出来看。但夜色中看不到什么，倒是河上不时传来划船比赛的声声呐喊。我读过徐志摩的散文，《我所知道的康桥》，文字很美，也记录了划船比赛这回事。我们在客厅里，香茗盏盏，谈笑风生，打开窗户，迎面又是充满了那花香的春风。

在剑桥，因为日程安排得很满，我们白天主要是听课学习和参观访问，晚上才能跑图书馆或到处闲逛，看看大本钟和伦敦桥什么的。

当然，有些事情，可能还就是晚上才看得明白。比如在三一学院的牛顿寓所，书房里的灯光依旧亮着，虽不是特别明亮，但也像是冲破了千年的黑暗。据说它一直那么亮着，启迪着人们对宇宙的思考。在这座爬满青藤的小楼房前面，草坪上有一棵苹果树。这棵树上的苹果，依旧可以吸引我们去信仰和探索真理。在信仰笼罩着的夜色中，仿佛一切都不曾衰老，也不会衰老，万事万物都充满了对生生不息的渴望。

剑桥的夜晚是不朽的，到处都是学子们欢快和匆忙的身影，即使在深夜，也会时时目睹他们来来往往。应该说，在这里，在那些古朴原色的街道中，在那些古老的镶嵌着铜制花朵的石板路上，在那些古老的参天大树下，以及在街角那些飘着咖啡香的小店内外，一切的一切都充满了回忆和思念，也充满了希望和梦想。

我们也几次去了流淌着诗人情怀的康河。静静的水面依旧浮载着平底舟，舟上也有一根根的长篙。夜幕下的河畔，连绵不断的细柳依旧浓浓地垂向岸边的水面。波光里多了一些船房，似乎更是浮载着人们对这里的思念。

在剑桥有两堂很短的课，令我记忆犹新，因为它们应该不属于这次敦煌文化之旅的课程，但他们精心安排了。一堂课是《剑桥大学的建筑及风格》，主要是说这里的建筑风格就是欧洲的缩影，而且剑桥是城中有学，牛津是学中有城。另一堂课讲的是绘画，主要讲英国的水彩画。我想这也是英国人特意的宣传和展示。

有关敦煌的各类课很多，主要包括《敦煌藏经洞的写本和绢画》《敦煌与丝绸之路》《长安与敦煌》《精英佛教与民间传播》等。

在这次游学中，我印象最深的一堂课是《空的哲学》。空是宗教，不空是科学和哲学，但是，在空与不空之间是中道。

应该说，这趟敦煌之旅从头到尾都安排得满满的，是不空的，但我心里总是空荡荡的。看到的那些文物也多是残缺不全的，欣赏之余，不免五味杂陈。那些原本完好的文本，完美的塑像，本来是我们的，但它们已不在我们的手中，所以总是有些缺憾；它们最初好端端的，存在于沙漠之中，原本可以是近乎十全十美的。当然，从看破到放下的角度，一切都是无常的，怎么都好！这就是我的这次空也不空的敦煌文化之旅，很浪漫，很梦幻，也有点令人忧伤，当然也使人能够很宁静并深深地思考。

## 我所知道的《货殖列传》中的财富观与商人智慧

我是在《舌尖上的中国》火遍全国的时候,第一次看到了《货殖列传》,一下子就被吸引了,也被震撼了。

因为才疏学浅,不喜读古书巨著,竟然不知道《史记》中还用如此上乘笔墨描绘了一群两千多年以前的商贾众生相,也才知道司马迁的眼界中,不仅仅有帝王将相、圣哲先贤,并相信他已将商人们的致富之道,列入了国家管理的范畴。我甚至觉得应该把这商贾众生拍成电视,然后好好说说中国那些已有两千多年历史的财富宣言，以及那些驾驭财富的商人智慧。

初看这篇列传，就可以想见：在遥远的过去，风沙弥漫的古道上，马驰驴走，货车往来，商幡飘扬；在大大小小的街市中，人们肩挑身扛，吆喝不断；在林立的酒肆招牌下，烟熏火燎的路边摊位旁围，聚集着吃吃喝喝的各色人等。

再仔细看，真的可以让我们回到两千多年以前，去观察解读那时的风土人情和市井生活。这中间既有萌芽状态的速写，也有繁华鼎盛的画卷，凝聚着中华文明中浓浓的商业文化气息，也记录了中国商业文化的开始和发展的脉络，以及它们的灿烂和精髓。这既是一个个财富神话，也是一个个令人难忘的励志故事，更是记述中国商人生死存亡之道的法典。

司马迁说，他不知道神农之前人们是如何生活的，但他知道有历史文献记录以来，权贵们都是耳目欲极声色之好，口腹欲食肉鲜之味，身体还要安逸舒适，而心里喜乐和惦记的又是如何获得更大的权势和荣耀富贵，而且即使是平民百姓，也都在不同层次纷纷仿效。说白了，就是所有人心中，都是物欲横流。

然后，司马迁开始详细介绍，中国地大物博，东南西北，物产各异，市场巨大。而这一切为人所用，都要靠农民、工匠和商贩，正所谓"农不出则乏其食，工不出则乏其事，商不出则三宝绝，虞不出则财匮少"。此四者，就是说吃饭要靠农耕，各种器具要靠工匠生产制造，货物流通要靠商人贸易往来，山珍海味要靠猎人渔夫勤劳捕获。

这一切都是人们衣食用之根本，货物多则富饶，少则贫穷，又上可以富国，下可以富家，而贫富之道，既不是靠剥夺，也不靠施与，而是"巧者有馀，拙者不足"，即智者自能富裕，愚者则会贫穷，财富永远掌握在智者手中。有钱的人也会害怕贫穷，平民百姓当然更害怕贫穷。

司马迁还明确指出商品流通的自然调节的规律，即"物贱之征贵，贵之征贱"。这句话的意思是：当商品价格下跌时，预示着价格上涨；当商品价格上涨时，预示着价格下跌。

生产制作，也自有它的激励机制，与自然运作一样，叫作"乐其事，若水之趋下，日夜无休时，不召而自来，不求而民出之"。这就是说，人们安居乐业，高兴做事，可以日夜不停，主动工作。

司马迁还进一步说到精神层面和社会层面的问题：仓廪实而知礼节，衣食足而知荣辱。礼生于有而废于无。故君子富，好行其德；小人富，以适其力。还引用谚语说：千金之子，不死于市。这就是说，有钱人家的孩子犯了罪，有钱疏通，就可以免死于市。

做过这些铺垫后，司马迁开始列出那些商贾的经营之策和致富之道。

在这几十位商贾中，大到可以以商神商圣称谓的人，大致有以下几位：

范蠡泛舟江湖，制陶贸易，三致千金，又裸捐两次，分给贫穷的朋友和亲戚们，所以人称"陶朱公"，也被供奉为中国的财神。子贡用囤积居奇的方法经商，在孔子的学生中，富贵一生。白圭善观时变，人弃我取，人取我与，赚钱如鹰禽猛兽，所以被尊为商圣。

然后又有更多的商人富贾，他们有的主要是，靠山吃山靠水吃水，有的勤劳致富善储钱财。

而且，对于财富的索取和积累，也说得清清楚楚。因为人人都爱钱财，但必须取之有道。清官清廉，但可以官运长久，最后钱财也不会少；商人买卖公平，童叟无欺，细水长流，也能积聚万贯家财。又说"富者，人之情性，所不学而俱欲者也"。就是说求富心理，是人的本性，不用学习，人人天生就有自觉追求财富的欲望和本能。而且，士兵在战场上之所以敢于冲锋陷阵，也是受荣誉官阶赏赐的驱使，最后连接也全是金钱。

这些说的是什么？其实就是既浅又深的商道。不仅仅如此，司马迁还谈到经商之妙。"夫用贫求富，农不如工，工不如商，刺绣文不如倚市门。"这就是说，经商是可以致富的最好手段。

后来，司马迁还特意说，他那个时代，千里范围内，贤人富者的情况：

蜀国卓氏之祖，是赵国人，用铁冶富。秦破赵，迁卓氏，最后到临邛，开山采矿，又富可敌国……还有众多商人，这里就不再赘述了。

但是，最后还要提一点的，就是司马迁对一些小商小贩的轻描淡写：

"行贾，丈夫贱行也，而雍乐成以饶。贩脂，辱处也，而雍伯千金。卖浆，小业也，而张氏千万。洒削，薄技也，而郅氏鼎食。胃脯，简微耳，浊氏连骑。马医，浅方，张里击钟。此皆诚壹之所致。"

这最后一句话太重要了。这段总体上是说，沿街叫卖、贩卖脂粉、卖糖水、磨刀小艺、卖小肠小肚、兽医等这些小营生，因为诚壹，即诚心诚意的专一经营，都发大财了。

所以，我们必须牢记成功的商业统营之道，就是诚壹所带来的结果。

司马迁还总结道："由是观之，富无经业，则货无常主，能者辐凑，不肖者瓦解。千金之家比一都之君，巨万者乃与王者同乐，岂所谓素封者邪？非也？"这段话的意思是说，天下财富多的是，致富也不是只有这种或那种一两种办法，而且，财富也没有固定的主人，能者积善聚财，愚者破家散财，一个富有的人，也可以像王者一样尽享荣华富贵。

最后，我还想说的是，古人们是如何对商人进行成功培养的。

书中有一段极为精彩的段落，话语极少，最重要的只有12个字，却道尽了一个人成长发展的脉络和商业经营从无到有的圣道，也充满了人生设计及职业生涯规划的思维，相信也堪称现在人才管理的模式和人才成长的要旨。

　　这段话的原文是这样的："是以无财作力，少有斗智，既饶争时，此其大经也。"意思就是说一个人年轻或无钱者，就要辛苦卖力地工作；等积累了一些经验和钱财时，再想钱多，就需要学习一些本领和聪明智慧；如果已经拥有一定财富了，还要获得更多，那还是等待时机，或者是要自己创造时机，这是一个人成长的天地之道！

## 人生的五种智慧

在北京的潭柘寺,从大雄宝殿再往上,有个大殿,里面供奉着五尊佛。最中间的是毗卢遮那佛,最右边的是东方阿閦佛,依次左移是南方宝生佛,最左边的是北方不空成就佛,依次右移是西方阿弥陀佛。

这五方佛啊,据说象征着五种智慧,依次是法界体性智慧、大圆镜智慧、平等性智慧、妙观察智慧、成所作智慧。

佛说人生是痛苦的,主要就是因为每个人都充满了无明和烦恼,拥有这五种智慧,就可以在不同阶段，帮助我们解脱那些烦恼的束缚和羁绊。

是啊，人生充满了困难和挑战，生活和工作中也都会有无数障碍，人人都需要智慧，智慧是人生无碍的首选。

我以为人生的智慧可以有很多选择。对一般人来说，智慧都是现成的，就在现实的方方面面，也在你脑子的优势思维里，在你的心智模式和所有学习实践的成功经验中，它可以很有个性，也可以是很合群的，但是如何找到、学习并运用好智慧，不是那么容易。

智慧太多了，千千万万，我今天要与大家交流的五种智慧都极其简单，但是，大道至简，真不可小觑它们啊！

我想说的第一种智慧，就是喜悦。

喜悦是一种真诚的品质，是一种积极的生活态度和本领，充满了吉祥的力量。人生最重要的生活态度就是要积极主动，积极向上，喜悦就是它们的助力器。喜悦也是我们行走江湖的护身符，是吸引力法则的成功之本。

如何找到喜悦？除了乐观、知足常乐，更重要的是应从以下六个方面培养。

一是多与有智慧的人、成功的人交往，学习并分享他们的成功和见地。

二是常常做好事，帮助别人，所谓日行一善，养成助人为乐习惯。

三是做事有计划性，并努力做好最重要的事情，而且知道把握住生活的重心。

四是要像谈恋爱一样待人待己，永远给人以好的一面，知道如何显现自己的优势，千万不要因为一时失意，就破罐破摔。

五是要学会幽默乐观，尽量只演喜剧，做喜鹊，不传不好不正的信息。

六是要有好的生活习惯和健康的爱好。

说到底，喜悦不正是我们的人生之本和生活目标吗？

我要说的第二种智慧叫作宁静。

淡泊与宁静，相传是诸葛孔明临终前给儿子的告诫。人之将死，其言必不随意，更何况是嘱咐儿子的话，一定至真至切！

宁静是一种艺术、一种修养。宁静的人，一定没有那么多烦恼，也就是俗话说的把什么事情都看明白、想明白了。换句话说，就是宁静能够使一个人内心光明起来，抛开阴暗心理，没有无端抱怨，也没有恶语伤人和落井下石等不良行为。

宁静的人，能够深度学习，深度思考。凡做大事的人，必须先静心静气，心如止水，气定神闲。所以，智者皆言，静能生慧。

我要说的第三种智慧是宽容。

常言道，宽厚待人，有容乃大。这不是生意经，是成功学，是大智慧。有一个词叫作自强不息，还有一个词叫作过犹不及。前者说的是一种精神，后者说的是一种毛病。

一个人能量强,一个民族要兴旺,必须自强不息。但有的人,他们的自强不息是种病,特点就是干事毛毛躁躁,没完没了,电话不停,手机总看,而且稍有问题,睚眦必报!其实,这哪里是自强不息,就是在找碴儿整人,毁人不倦。这样的人,肯定没有宽容之心。

再说过犹不及,是形容一个人干事,干得很过火,毁坏性极大,当年孔夫子就痛斥这种人,还不如什么都不做的。现在有些人的工作作风就是如此,他不是干工作,是要做给别人看,这样的人,面对丁点问题,都会推得一干二净,能宽容吗?

所以,要想宽容,一定要内心强大,充满成功的底蕴。为什么要强调多同成功的人合作,多与积极心态的人交往?就是因为这样的人,都是敢于胜利,最终一定能够成功的人。胜利是什么?不是一时一会儿的成功,而是持久的成功。想得远、看得深的人才是笑到最后的人，他们不会患得患失，陷友于不义，好大喜功，他们是可以成为一辈子朋友的人。一辈子的好朋友好兄弟，能不宽容吗？

我要说的第四种智慧是精进。

精进，是一种持续前行的向上的力量，是一种持续改善、精益求精的积极态度，也是修炼身心的永恒之道。精进与精勤很接近，它们相辅相成。精勤会有更多的可操作性。

凡是做企业、搞管理，必须把好好工作和为企业奉献当作自己的责任和使命。要把服务大家和社会的能力，延伸成自己生命的一部分，力求干什么都尽善尽美。就像美食家，不仅自己满意，还一定想方设法地让别人满意，一定要做充满了爱和美意十足的人。再如，你如厕之后，在自己家肯定要收拾干净，那在外面呢？是不是就随便了事？精进精勤的人，他心存善念，一定会打理到位，收拾干净，因为他会想到他人的感受，非常关注他人的心情。我敢说,这也是一种精进的好品质。

总而言之,凡是好事,就要积极做到底;凡是坏事,不要想,更不要做。做好事,也会遇到问题,一定要知道有一种精进之道,叫持续改进;如果把好事办坏了,一定要快速纠正,承担责任。最后,要想把事情办好,好事办好,光靠自己和自己的团队还不行,一定要善于寻找学习的好榜样,要不断提升工作的能力和水准。

我要讲的第五种智慧叫利他。

有道是:"舍我青山处处在,利他长江滚滚流。"这是为人处世和企业经营的根本,更是永恒的主题。舍己利人、帮助别人能产生公认的、最大的影响力,也是最具能量、最可以使我们获得极大回报的智慧。

有一本书《花香满径》,作者是英国著名的教授学者。书中告诉我们,幸福有三件事:一是能爱人,二是要有工作,三是帮助别人。

帮助别人,别人的感谢感恩之心,就像一种看不见的阳光和水分，会回馈和滋润你的命运和运气，让你积累更多的好运和福报。俗话说"助人者天助"，又说"帮助别人，鬼神同助"。说的应该就是这种道理。

帮助别人，会使你产生更加积极的工作态度和不断优化的人生目标，有更多的收获和更大的进步，从而获得更多的喜悦和成就感。

当然，人生的智慧有很多很多，它们像空气像阳光，充溢在我们身边。行得正，坐得端，你就会左右逢源，俯拾皆是。

现在，我们大概可以这么说：喜悦就是法界体性智慧，宁静就是大圆镜智慧，宽容就是平等性智慧，精进就是妙观察智慧，利他就是成所作智慧。

## 营销的想象力

在中国,有一句人人都知道的口头禅,就是"有钱能使鬼推磨"。这句话现在用起来带有贬义,但它背后的故事和本义,很多人并不知道,即便知道,也不会去体会这故事里包含的销售本质和营销技巧。

相传,东汉蔡伦改进造纸术,名扬四海。传说蔡伦的哥哥名叫蔡莫,也学弟弟造纸,但他技艺略逊一筹,不论怎么搞,造出的纸总是又黄又糙,根本卖不出去。为了造出好纸,他真是煞费苦心,不断实验,可结果依旧是又黄又糙。眼看造出的纸堆积如山，却卖不出去，他整天愁眉不展，茶饭不思。他的妻子知道丈夫的忧愁，也整天苦想对策。终于，她想出一计，告诉老公，让他依计行事。

有一天，蔡莫的妻子暴病而亡，村人哀悼，为她守夜。守夜中，蔡莫号啕大哭，历数并痛斥自己无能，造不出好纸，挣不到钱，才令妻子英年早逝。哭着哭着，他决定把自己造的纸，全部付之一炬。他的纸又糙又破，用火一点，立即燃烧起来，火焰冲天。但没想到的是，火快熄灭时，他的妻子突然从灵台上坐了起来。

村人都吓坏了，以为是诈尸了，纷纷逃窜。蔡莫的妻子赶紧喊住大家，反复强调自己没有死，又活过来了。最终，大家都相信她确实没有死，就是十分不解，全围过来问事情的缘由。

她告诉大家，自己先前确实死了。到了阴曹地府，根据她的业力，阎王要她先去推磨，如果能够在规定的时间内，磨完应磨的谷物，她就重返人间。

但她的业力实在太大了，要推磨的谷物多得遮天蔽日，她简直绝望至极。但后来，当她老公把那些黄色的糙纸一烧，她眼前亮了，原来这样的纸，在人间是纸，可一烧，到了阴间就全都化成钱了。而且，因为这纸太多，一下子就有了数不完的钱，她把钱分给小鬼们，小鬼们拿到钱，就都帮她推磨，她要磨的那些谷物很快就磨光了，所以就活过来了。

这样一来，蔡莫造的那种纸能够在阴间当钱花，还可能让人起死回生的故事就流传开来，人们纷纷向蔡莫买纸，他造的纸销售一空，人也随之富裕起来。

从传统角度来看，这只是一个颇具神奇和浪漫色彩的故事，但是，从现代市场视角来看，这故事又充满了推销的技巧，蕴含了营销的概念，甚至可以说，就是一个典型而完美的营销故事，充满了营销策划和执行落地的精髓。销售标的，就是一大堆卖不出去、质次品低的粗糙之纸，因为日常生活中无处使用，所以没有销路。但经过施展营销的想象力，找到了它们的使用途径，就是要先烧掉，并使人们相信它们经过燃烧就去了另外一个世界或空间，在那里，这些纸就化作了钱！这可不得了，如此一来，这纸的使用价值就无限扩大了。又因为这纸价格低廉，适合燃烧，家家不仅用得到，也用得起，这就锁定了它的市场价值，使之由原来的废纸转换成有用之物，从而打开了销路。

  应该讲，过去人们认为人死后一样有知，也需要很多物质和金银财宝，于是为了安慰逝者甚至为了安慰自己，在人死后，给其墓穴中埋藏陪葬用品。有钱有势的人家，陪葬之物除了大量的生活用品，还会埋葬一些金银和玉石等珍奇之物。这在普通人家是根本用不起的，如今，通过燃烧些破纸，就能转变成钱财，何乐不为？于是一场火之后，市场重新定义了这种纸的用途和用法，就是把纸做成钱币样式，然后将其燃烧，这纸一经燃烧，到阴间就是钱。人们相信这钱是真的，真到什么程度？可以送给鬼神，鬼神都乐意要，要了这钱的鬼神，还会替人消灾除祸，甚至能转换生死。这事太大了，不仅当时的人信了，就是将近两千年之后，我们也依旧如法炮制，甚至还创出了更多的花样。

故事流行开来，烧纸的习俗也延续下来。《聊斋》里有活人为自己烧纸而存入阴间，人未死便成为阴间富豪的故事。相信，也是缘于这个故事的启发。

如果能通过这个故事，理解营销的想象力，也就没有什么东西销售不出去了，关键是你对自己的产品和品牌，有没有启动营销的想象力，有没有鲜明的营销计划，以及操作性极强的执行方案。

其实，在西方，也有这样的营销智慧。最经典的说法便是：世上没有垃圾，只有放错了地方的珍宝。你看，现代化的垃圾焚烧炉让形形色色的垃圾变成绿肥、营养土、铺路水泥、再生轮胎塑胶乃至饲料……物尽其用为善，与我们老祖宗的理念异途同归！

而蔡莫利用的商机，是他最早实施了纸张的专业化生产营销，粗糙的纸专为烧纸所用，更精致、更昂贵的宣纸则专用于书写、画画，后来又有了灯笼用纸、纸伞用的油纸、遮风挡雨的窗纸、糊棚纸……"有钱能使鬼推磨"，重点不应是钱，而是应人所需而动，细致为人服务。

# 企业的生命力,是应对危机的能力和发展速度

曾经有两位大企业家,我都不是很喜欢,但很佩服他们。一位大企业家是因为自我发展过度,突然遭遇灭顶之灾,一下子跌落神坛。但是他贵人多忘事,忘记了曾经投资一些小企业的事情,因为早忘得一干二净,反而保住了这些资产。本来过去只是帮人家忙儿,渡渡难关,没打算要什么回报,这次彻底没钱了,他才来关注这些小的投资,结果发现这些投资的收益都在十倍以上。因为一直心存善念,他得以死里逃生,从头再来,很快又东山再起。

另一位大老板也是因为战线拉得太长，结果赶上危机，银行又釜底抽薪，也一下子溃不成军。这家伙也很棒，立即学古人英雄断臂，快速将好资产卖给或抵押给亲朋好友，保住了现金的正常流动，因此保住了信誉，渡过了难关。信誉是什么？就是诚信。在市场经济中，诚信是生命线，是刹车装置。然后他又卧薪尝胆，惨淡经营，等经济回暖，他那些不好的资产，也开始升值，他很快又回到了巨人的阵营。

这两件事说明什么？就是企业经营危机四伏，随时会遭遇滑铁卢，一定要有应对危机的心理和处置问题的预案，这样才能应对自如。这是非常重要的能力，也是企业生死存亡的关键。

大企业如此，中小企业更要如此，不然好端端的，瞬间就见不着了。而且，越是小企业，越危险！因为自己的企业，自己说了算，很容易导致自恋，眼高手低，相信自己看上的什么都好，一干才知道，现实和理想之间也有万里长城，而且鲜花盛开的地方，往往也布满了棘刺和陷阱。

企业出了问题，有了危机，国家会救，政策会救，但小企业太多，救不过来，那怎么办？这就要靠经营者的能力和头脑。有的人，特别是有些优秀的企业家，平常春风得意惯了，经受不住任何冲击，往往会为脸面，再做错误的判断，比如被教唆借高利贷或违法操作，错上加错，这样更落得一个万劫不复。这全是问题，是攸关生死的大问题。危机是死亡的问题，发展和发展的速度是生存的问题。

过去，我经常和各式各样的企业打交道，知道的问题还真不少。大企业不用说，有什么困难，省市领导甚至部长都会出面，要你做什么，合作就是。

中小企业的问题则比较复杂。其实也没多么复杂，问题是你跟他说不清楚，他清楚了也不想做，否则早就是大企业家了。

孟加拉国有个银行家——尤努斯，他用小额贷款帮助穷人创业脱贫，特别令人感动。所以我曾一度抱定一个信念，就是要努力帮助中国的穷人变成有钱人，帮助小资变成中产阶级，为此也准备了一些清单和模式。比如年轻的理发师，建议他去大超市开快捷店，10分钟完事，超市人多，也没那么多讲究，快就行；有的企业非常不正规，先得帮它建章建制，不然融资就寸步难行。更多的中小企业是缺钱缺人。现在融资的渠道和办法很多，想一想都能解决。缺人，其实最好是自己培养：一是自我培训；二是团队学习；三是找教练，多多少少有些辅导，信息一多，就可以少犯错误。有的企业总想请人挖人，其实都是瞎闹，因为即便你把范蠡或诸葛亮请来了，真的会用人家吗？顶多也就是客气客气，礼貌礼貌，人家真给你出主意，你也未必用，否则，你早就是刘备了。家族企业，内部矛盾深，找个外人或空降兵，是将内部矛盾外化的一种手段，可以试一下，找的人要厚道忠诚，还得能说会干，家族的人一边跟他明争暗斗,一边团结在一起学点东西,最后用两三年,赶走外来者,自己企业也发展了。当然,一定要付钱给人家,但值得。

其实,一个企业从小到大,从弱到强,归根结底,取决于企业发展的速度。知道要干什么,怎么干,谁来干,发展就不是问题,而发展速度才是重中之重。

发展过慢,会处于半死不活的状态;发展过快,可能过犹不及,早晚陷于危险的境地。因此,适度发展,找一个合适的点,比如平均发展速度,或者是比平均速度再快一点,都可能是好的选择。其实设立增长目标,应该以自己的人力资源和执行能力相匹配为合适的度。

有些人特别喜爱自强不息,干什么都随心所欲,动不动就想翻倍,增五十,增三十,但能否实现要看你的能力以及环境和机遇。重要的是活下去,永续经营。

当然，一个企业的命运好坏，不仅仅在于战略策划和管理的标准，以及操作的规范和与战略一致的执行力，关键是培养或者找到这样一种能力，就是快速学习和不断纠错、不断完善自己的能力。拥有这种能力，才能实事求是，不僵化，接地气，活在市场的大环境大生命中，既能笑傲江湖，又能坐看云起。

还要经常对标，清楚谁应该是自己学习的榜样。同样的行业，要争第一；在一个区域，要争一流；全国领先，就要对标国际。总之，要不断学习，眼界必须永远开阔。此外，特别要加强管理团队培训，提高重要岗位人员的素质，人旺兴财，培养人和团结人，可能才是最好的投资。只有这样做，才能保证有足够的发展活力。

企业不大，怎么管都好，但千万不要盲目学大企业，或者是一味搞现代化的高大上的东西。企业大了，一定要学习一分钟管理，一分钟找到问题和解决问题,这些都是防患于未然的技能和手段,是作业,做好了才能应对考试和考验。还要设计清单管理,力求把复杂问题简单化。能把简单问题复杂化,花样增多,层次增多,是水平;把复杂问题简单化,是能力。管理能够清单化,就是能力和水平,强化了管理,也解放了管理,可以投入更多的精力到实际工作中,精益求精,及时发现问题,提前快速应对,化险为夷。

当然,企业越大,越要强调企业文化的力量。企业文化是从上到下,还是从下到上,这可以商量;是自强不息,还是敬天爱人,更需要讨论沟通。但至为重要的是,企业文化是需要不断传播和融入的,越是领导越要做企业文化的传播者,传播发展的理念,传播防范风险的理念。所谓狡兔三窟,就是风险意识强。

企业的活力,更应该体现在员工的精神状态和工作态度上。古代看一个国家,见民皆露菜色,干活又都不负责,好的传统也没有人传帮带,那就要亡国。韩国电视剧《大长今》里,有一集说酱的味道变了,大家都不知道怎么回事,宫廷内人人紧张,因为传说酱的味道一变,就要改朝换代。最后,还是大长今找到原因,去除了潜在的危机,其实就是制作酱的花粉弄错了。如果没人发现,发现了也没人管,都不负责任,任其自然,这就是危机。

因此,如果一个企业的员工整天无精打采、无心工作,对企业对领导背地里都是谩骂仇恨,这样的企业肯定很难发展。所以,一定要让员工有责任感、荣誉感和成就感。

在有些情况下,如果确实因问题一时难以解决而令有些人受了委屈和伤害,一时口出恶言,管理者就必须宽容领受。这叫钝感力,就是不要什么都感觉过度,迟钝一点儿,或者是装傻充愣,也不失为一种过渡的办法。

讲个小故事。有个小庙,庙里有一个师父和三个徒弟。大徒弟和二徒弟经常吵架。一天，二人又吵了起来，小徒弟赶紧报告师父。和尚叫来大徒弟问情况，问完说你对！大徒弟高兴地走了。和尚又叫来二徒弟问话，问完又说你对！二徒弟也高兴地走了。这时，小徒弟不干了，他质问师父，他们吵架都不对，或者是至少有一方不对，您怎么说他们都对呢？这时师父说：你也对！

我想，爱挑刺和睚眦必报的人，一定要常常想想这个故事。这不是故事，这是一种管理的幽默。

# 为人处世的几个基本法则

第一,我办理事情的原则是 80% 的一丝不苟,20% 的随心所欲。凡事预则立,不预则废。对所办的事情,特别是一些新任务、新项目,必须有预见性,还要有与自己的执行能力相匹配的计划和方案,执行中还必须按计划推进,对可能发生的问题,也要有应对预案和应对措施。最好是总体方案确定之后,再把重要环节清单化,越是大而复杂的项目,越要使用清单管理,牢牢把握不同时期的不同工作重点。

当然,计划永远赶不上变化,不确定性往往会是阻碍我们正常工作的常态问题，必须具体问题具体分析，公开透明讨论解决。要有应对问题的灵活性、主动性，而不是一成不变。所以，一切事情设计好了，就要放松心情，准备应对那些变化的到来。

第二，我在一些关键的重点的工作上，永远是胆大而不妄为。一项工作，重要的是制订计划和设定目标，选对人，用好人，也要注重开头和结尾，最后是价值的创造和对项目的评价评估。在工作初期，若不敢大胆设想，肯定是浪费生产力。在工作中，随心所欲，任意妄为，就会扭曲精益求精的精神。比如，有的人一切都计划得很好，进展也不错，但是遇上小问题，要么小题大做，要么不闻不问，不知道小问题往往是大问题的先兆。或者是本来一切都挺顺利，突然这么琢磨又那么琢磨，没事找事，节外生枝。就像装修房子，想好你要的效果，一口气干下去，不能今天改改这儿，明天又动动那儿，后天又重来，结果到处都是修改的痕迹，即便完工了，也不是什么好工程。

第三，在一些重要事项上，需要选择时，我常常是果断而不优柔。有些领导，常常在小事上，左思右想，犹犹豫豫，大事上更是如此，而无论大事小事都有时间性，最后时间不够了，往往又会从优柔寡断变成随意拍板。

第四，我常常遇到挑战和挫折，但一直保持勇敢和豁达并重的心态。这时候，我会一方面乐观地开拓进取，追求胜利；另一方面，失败时敢于面对现实，承认失败，承担责任。做事情从开始时就清清楚楚，责任分明，而且要求严格，事情就已完成大半。但是，有一个墨菲定律，就是有可能出现的问题，它总会出现的。关键是出了问题，我们怎么办？一般原则就是平常严格要求，该说说，该骂骂，但有问题了，要共同承担，切忌秋后算账。平常不说，怕得罪人，出了问题，又怕担责，一切都往别人身上推，这样做人就不够厚道。所以，总体来说，别把自己当神,要知道诸葛亮在很多事情上也是万般无奈,要经得起失败和挑战,要悦纳自己,更要悦纳他人,要学会刀子嘴豆腐心,真有问题了,以平常心,宽厚容人。心性豁达,你就是君子,绝不会去想小人之想。

第五,要敢于无知,还要知耻后勇。人必须努力求知,知道得越多越好,但事实上是你不知道的东西,比你知道的东西要多得多。因此,知道有不可知的事情很重要。

我们看不清看不见的事情多着呢,关键是你有没有预见能力和处理应对能力,兵来将挡,水来土掩,而不是临时抱佛脚,更不能坐等收拾残局。

# 我与老子的一点缘分

二十出头,在北师大听陈鼓应教授讲老子《道德经》,觉得不错,然后找来读,着实难懂,读不进去。后改读《庄子》,觉得很美,也很补脑,很久以后才渐渐地对老子的思想和主张有了一些了解和认识。

以后就断断续续地读,若存若亡。35岁时,开始天天读,但也只是读,不求甚解。后来,有了一定职务,经常出差,于是,无论在火车上,还是在飞机上,全读得兴致盎然,似乎每读一遍,都会有不同的理解和收获,当然,到底理解和收获了什么,我也搞不清楚。但不管怎样，当时我几乎可以背诵这部五千多字的《道德经》了。

我工作近40年，在众多的管理岗位干过。在很多时候和很多方面，老子的观念和道家思想给了我工作的灵感和智慧的启迪，甚至帮助我度过了人生中特别重要的一个时期，让我知道自己要时时自律，用无为而为的思想守住底线，这底线就是可以为别人和大家冒险；为自己什么事也不能干，而且事实上，只要有私心，就会闹鬼、出岔子。

我读《道德经》，整整读了15年。50岁的时候，因为一个偶然的机会，读了一本书，书名叫《当和尚遇到钻石》。这真是一本奇书，我立即被吸引了。书中讲了一些佛理，为了能够明白更多的事情，了解更多的知识，我找来《金刚经》开始阅读。这一下可不得了，从此进入《金刚经》的世界。

《金刚经》是佛教的重要经典，最流行的是鸠摩罗什译本，以及玄奘法师翻译的《能断金刚经》。

我喜欢鸠摩罗什的译文，简洁明快，朗朗上口，简直就像散文诗一样，我几乎天天都要读上一遍。当然，我不是说玄奘翻译得不好，而是他的译文，是直译又长又难懂，充满了唯识的思想。

那时，我正犯眼疾，看东西写字都挺费劲，当时就决定一定要把此经全文背下来。50多岁，要把五千多字的经背下来，大家都不信。但我只用了不到三个月的时间，就背得滚瓜烂熟了。

从《道德经》到《金刚经》，似乎大相径庭，但终归没有什么根本不同，《道德经》讲无为，《金刚经》说无我。老子讲：上善若水，以柔克刚。佛祖说：应无所住，克刚无形。从人生和哲学角度来看，没有多大差别。而且，老子讲的道，看不见，摸不着。释尊讲金刚，也是比喻，用金刚来说存在的一种无形的力量，可以破除无明烦恼。

但是，若没有先前对老子的了解和认识，我肯定不会知道《金刚经》要说什么。所以，这就是我与老子的一点小小的缘分，也可能是极大的缘分，因为这是老子对我最重要、最深刻的帮助。

当然，我也特别想说，正是中国五千年以上的历史，中国独特意深的语言文字，中国的道家思想，以及诸多圣贤的博雅文化，才是佛教能够在中国得到弘扬和不断传播的理论基础和精神沃土。

生命的智慧是关联的，伟大和伟大是相通的，在智慧关照下的生命也总是和和睦睦、生生不息的。借花献佛也好，借道成佛也罢，人生的道路上永远都闪烁着智者的光辉。道，真的是一种说不清道不明的真理所在；金刚，也的确是一种无法言喻的力量。

## 铺向幸福和好运之路的金砖

　　一个人幸福又好运连连，可以有目共睹。如果说我要把自己的好运和福气送给你，肯定没人会信。但要是说，所有人的好运、福气都是老天给的，你可能会相信，也可能依旧将信将疑。可我还是要告诉你，幸福美好的生活，真的都是老天赐予的。

　　有一个故事，说一个人的好运和幸福之路，是由一块块金砖铺就的，而那一块块的金砖，就是一个个善念，一个个善举，一点点奉献，甚至是一点点的仁慈转化来的。一个善念就可化为一块金砖。你帮助一个人，那人的感谢感恩也会成为一块金砖抛给你。当然，想要得到更多的金砖，必须养成好习惯、好心态，知道并坚持一些做人做事的基本原则，去吸引和赢得更多的金砖。

你或许会说哪有什么金砖，它无影无形，我什么也没有看见！是的，金砖只是比喻，等我们清楚了什么是幸福和好运，你管它叫春风，或者是叫鲜花，什么都可以，只要你喜欢！

但是，想要得到幸福美好的金砖，首先要清楚我们应该不做什么，其次是更要明白我们应该做些什么，或者说我们应该怎么做，才是正确的选择。

如果你能看到此文，至少说明我们有缘。对于有缘的人，不妨再问一问，你的命运如何，是好还是坏？你可能会说，是从风水还是从宗教角度讲呢？我告诉你，那些都没用，那些事不说则已，一说就是错，就像好多人总想学点什么谋略，其实这世上所谓谋略，多是阴谋诡计而已。

你可能会说命坏命好，纯属天生的造化或父

母的遗传。其实，人和人是平等的，本身差异不大，即使有差异，人也拥有极强的补偿意识和能力，所以纵使有差异，也依旧会趋向平等。

其实不仅老天是公平的，社会倡导的公正公平，也有足够的矫正的力量。比如有人擅长这，有人擅长那，但好的团队会使他们中和，并相互分享；有人外向，有人内向，有人脾气急，有人脾气不那么急，而家庭的匹配和朋友们的默契，往往也能相互弥补。但问题是我们总会忽略很多重要的事情，而更多关注的，完全是一些表面现象。

有人会说命运不好，是贫穷的原因，或者说是教育的问题，甚至是学校和老师的问题，更是智商和情商的问题。

其实，这些都不是什么问题。成功者中，很多人出身贫寒，智商也没有太过神奇之处。西方有人做过统计，智商高的人，并没有什么特殊，对社会进步的贡献度和创新能力也不十分突出，只是他们的工作都会不错，工资待遇也较一般人强。至于教育，有些人没有受过完整的高等教育，却拥有极强的能力，甚至拥有影响和改变世界的能力，而且，这样的人比比皆是。

就教育来说，主体是学校的教育，从小到大，就是要追求全面发展。但还有很多隐性的教育，潜移默化，润物无声，包括父母亲的早期教育、家庭影响、成长环境、工作职业特点及客观需要。比如过去常说，解放军是大学校、大熔炉，这是因为在部队，战士们都来自五湖四海，带来很多不同的传统优势和地方智慧，这部分的教育往往相互影响，寓教于事，或者是实践出真知。又如爷爷可能从小就常常爱说情义无价，姥姥则总爱讲必须干净节俭，这些传播、传帮带，也不可小觑。

同样，我们再注意一下坏人的成长。成为坏人，不是有什么专门的学校，只是受不好的社会环境及不良分子的影响或一念之差。

在学习成长的过程中，会有多重因素的影响，当然，我们可以肯定，一旦学坏，就与好运无缘了，不知道悔过，那只能是一条道跑到黑。

所以，人和人最终还是会有差异，命运也最终会有好有坏。但是，每个人的命运及其安排，不是天生就如何如何，更关键的是后天如何作为，即在学习成长过程中，对待学习的态度和看待世界的心智模式，以及认知和思维的方式，特别是三观的树立和培养、心理的健康程度、做人做事的心态，等等。

如果你觉得人人平等，没有贵贱之分，永远要帮助别人，奉献爱心，就会自觉摒除并且不去沾染那些不良习惯和问题心态，不与人争高低，不斤斤计较；就会不怨天尤人，不易恼易怒，更不愤怒暴躁；抱怨是家贼，愤怒是魔鬼，没有家贼就引不来外鬼。人不生气，就能少犯错误，就会拥有健康快乐好运。还有就是不要毁人不倦、无事生非，不能陷友于不义，更不能落井下石。

再者，如果想要好运连连、获得幸福，就要有好心情，养成好习惯，坚持正知正见的原则和做法，就会好运不断。

现在，可以看看老天都为我们准备了什么样的好运金砖。这金砖真的是太多了，一思一念都可以是，一句话一个眼神，也可以金光闪闪。最为重要的就是必须培养自己的好习惯、好念头、好想法，以及那些可以激发善念的行为和思维。说了这么多，其实我们想说的就一句话，幸福和好运，是你可以管控和把握的，关键是要看你的心态和思维习惯。今天，先列举十几个我认为可以帮助大家的好的原则和做法，用好它们，你就会得到源源不绝的金砖，铺平前行的人生之路。

### 一、欢喜心

什么样的心情最能让人做成事，做好事，就是欢喜心。一个人心情好，就会充满情义，积极向上，无怨无悔，无私奉献。有了欢喜心，就有了用之不尽的金砖。

如果你每天都能有条不紊地作息，如果你每天清晨，眼前都能显现一幅美丽的画卷，或者是一幅清晰的成功愿景，那你一天都会充满激情和活力！如果你做不到，试试听听音乐。德国有一个谚语说，如果每天是从听音乐开始的，那么一天都是美好的。听听吧，或者是唱唱自己喜欢的歌，那一整天，你都可能会有不错的心情。保持住这种心情，也多为此准备些助你欢喜的话题和插曲。

## 二、好习惯

好的习惯，就是要培养好的品德。人的行为总是一再重复，日复一日，周而复始，很多就慢慢形成了习惯。习惯对我们的生活有绝对的影响，好习惯可能会成为我们工作、生活和学习的重要驱动力、战斗力、生产力，是一种有生的力量。有了好习惯，人生才会更加精彩。想要有更多的好运金砖，也请从培养好习惯开始。

有本书叫《高效能人士的七个习惯》，非常好！这七个习惯分别是：积极主动、以终为始、要事为先、双赢思维、知彼解己、统合综效、不断更新。最后，它还反复强调，好的习惯要以原则为中心，以品德为基础。这点确实重要，很多原则是经千百年，被世间公认的道理和规矩，干什么都要遵守那些正确的、善良的原则。以原则为中心，是培养好习惯的开始，而且可以帮助你不犯或少犯错误。

### 三、好人脉

不积极与别人合作，肯定一事无成；不认识有能力和有地位的人，更做不成大事。乐意与人合作，积极融入优秀团队，尤其是多认识多接触比你能力强、比你有思想、比你聪明智慧的人，这些人是你幸福和好运的加油站，十分重要。有这样一个公式：

人脉＝90％的人际关系+10％的人情

人是社会性动物，身处各种各样的关系中，在世间行走，要有好关系和好人脉。你关注谁，谁就会关注你；你帮助谁，谁就会帮助你。这是重要的圈子法则，也是你的资源和人脉。如果你接触的都是正人君子、成功人士、优秀先进，你也不大可能去做伤天害理的事。

有一个成功法则，讲三个接近：接近伟人和圣哲的思想，接近你所能认识的那些优秀和成功的人，接近比你善良和乐于助人的人。

总之，好的人脉极难建构，必须用善心、善念来达成。人脉的主体，就是人际关系的建立，要在与人广泛交往之中，建立能够互利互惠的基础和关系，让你左右逢源，多些可以不败的资本。

还有个"250定律"，是说一个人会有250个熟悉的朋友，那乘数的效应就可想而知了。当然，不管多少，一定是好人的联盟。

### 四、心存善念

人的意念太厉害了，人其实就是一个包着动物躯壳的意识体。人工智能现在梦寐以求的，就是攻入这个意识体中。因此，我们必须修炼，让自己邪见杂念尽可能少，要多想如何帮助别人和做更多的好事。

### 五、悦纳自己

悦纳自己，悦纳他人，既是好的原则，也是心理健康的重要标志。一个人连自己都不悦纳，肯定更不会悦纳他人，所以悦纳自己是前提。欣赏自己，才能好好营销自己。营销的前提，就是知道如何推销它们的好，好的东西，好的产品，好的自己。

### 六、常怀感恩

有道是知足心常乐，感恩心最美。常怀感恩之心，智商和情商都会得到极大的提升，别人看得出来，也都会喜欢。感恩是对别人给自己的帮助和恩赐，最深情的回馈。它饱含善意，像鲜花会散发香气一般，是人在世间最真诚的情感。

### 七、有想象力

有想象力，说白了，就是能够把梦想变成现实，是一种能力。当然，有想象力也需要一种勇气。因为你必须相信，有生于无，无中可以生有，然后方能心想事成，梦想成真。

其实，所有的快乐和幸福都是想象出来的，当然，所有的忧虑和恐慌更是想象出来的。忧愁和恐惧等负能量都是过去不成功或不如意的记忆和感觉，所以，首先要学会过滤和稀释它们，不是一点都不留，而是绝不能让它们影响你的情绪和心情,如果你能笑谈它们,那它们就会成为你的见闻和资本。

好运的大门,永远向积极乐观和充满喜悦的人开放。乐观喜悦都是生命的正能量,而想象力是生命中的炸药,想象力一旦打开,那你的人生就将成为激情燃烧的岁月。

相信自己充满了潜能,找到战胜困难和挑战的自信,再多一些想象力,你成功与好运的办法就会比别人多。

盖高楼大厦需要想象力,时尚需要想象力,艺术创作需要想象力,营销也需要想象力。一个健康和谐的家庭,以及一个充满活力和不断成功的人,也需要想象力来帮助实现。应该说,想象力充溢于人们工作学习生活的所有环节中,想象力强的人,干什么都会顺风顺水。

所以,无论干什么事情,都要先想象一下完成状态和样貌,就是先有剧本,然后用倒推法来确定目标。目标越清晰、越具体，甚至还能想出实施的细节，那么一切就会顺理成章，就会心想事成，奇迹、好运、成功一定会接踵而来。

**八、大局思维**

双赢思维、优势思维、系统思考，都是好思维，能着眼大局、着眼全局。能够整体思维和思考，是一种能力。

下围棋的人，开局时，都是端坐，头不会太低，因为他要看到整个棋盘，着眼大势来布局，但下着下着，头就会越来越低，甚至是趴在棋盘上盯着一小块棋子，反复琢磨计算。这就是，从大局出发，慢慢演变为一小片儿一小片儿的生死。细节决定成败，但大局观不好，一开始就注定要输。

有本书叫《第五项修炼：学习型组织的艺术与实践》，书中强调系统思考是重中之重，要从整体和全面的视角看待世界，分析和观察所有问题。

总之，从系统思考到大局思维，是为了让我们更好地看清事物的本质和真相，更好地应对局势的变化和出现的重大问题，使我们不犯错或少犯错，保持好运连连的局面。

**九、要有信念**

人生最重要的是与人相处的艺术和对事物发展的基本看法。

要相信自己，但更要相信别人，相信自己优秀，也要相信与别人合作，自己会更优秀。

而信念的基本含义就是：相信而不需要证明什么，对很多人和事情，甚至是在见到之前或事情发生前，就知道会是这样的结果。这是一种感觉，一种直觉，一种能力，一种信自己信他人的能力，更是一种成功的能力。

人类之所以伟大，就是因为具有相信的意识和能力。拥有信念，对很多复杂的问题和未来的事情，才能有解决的办法和清晰的前进方向。信念甚至可以帮助我们预见未来，帮助我们获得更多的财富、好运和幸福快乐。

信念是智慧的一种延伸，能让我们承受巨大的压力，忍耐更多的艰难困苦，并让我们充满宽容和大爱，对生活和工作拥有超越物质的热爱和不懈追求的激情。对有信念的人，大家都放心，都愿意与他合作，所以他成功的概率是极高的，好运也总是会等待着他。

因为你有信念，你就会更加相信自己；不仅仅是相信自己，你也一样相信别人。

## 十、自我约束

一个人知道自律，知道约束自己，这非常重要，自律是吸引好的事物和好运的正能量。

一个人如果活到七十岁，他的时间大概是这样分配的：三年教育，三年阅读，六年等待，六年讲话，七年吃饭，八年娱乐，十一年工作，二十四年睡觉。

人的生命有限，时间有限，但人的获取心无限，都想不劳而获，并获得更多。因此，若想成功，站得比别人高，就要约束自己的不当想法和行为，少说废话和干没用的事。要做就做那些必须做的事，而且为了避免不必要的麻烦，必须遵守法律和道德的约束，做纪律和制度的守护者，把懂规矩、重承诺养成习惯。

没有随随便便的成功。成功者需要自律、慎独，控制自己的情绪、主张、权利、私欲等等。要诚恳待人，将注意力集中在要做的事情上，要事第一，一切都有前瞻性、计划性，而不是乱忙一气，朝令夕改。

## 十一、乐于助人

心存善念，乐于助人，善有善报，助人天助。

影响力的最重要法则就是帮助别人。给予别人帮助就是你自己播种的成功和喜悦、收获和希望的种子，它们迟早会给你带来更多的回报和收益。

给予别人一些恰到好处的赞美；出差回来带给别人一点土特产；给予不如你，甚至是有些敌意的人起码的尊重，你可能得到很好的回报。

如果在别人遇到困难时，你毫不犹豫地伸出救援之手，那么你得到的回报可能会很大。当然，不要去期待什么，只是到时候一定要坦然接受，别不好意思，这样的因果转换会拉近与朋友之间的距离。

需要反复强调的是，一定不要与任何人为敌，但也不是什么样的人都需要你的帮助。比如正人君子，你即便不去帮助他，他也会始终如一地待你。但对一些低级趣味、爱无事生非以及常陷友于不义的人，必须远离，除非你有办法改变他们。

### 十二、充满激情

充满激情的人阳光灿烂、不知疲倦，他们满怀热情，还特别热心，爱帮助别人。他们做人做事都是顶呱呱的。

拥有激情的人，永远充满微笑，乐观而幽默，传播的永远是好消息。有激情的人都非常活跃，活跃又是感染别人和群体的活化剂，使得大家都充满欢笑、充满活力。而且，有激情的人，待人接物永远为别人着想，特别有耐心，也特别爱为别人谈理说情、解决问题。

在工作和生活中，所有的成就都与激情成正比。激情是成功的推动机，甚至可以使人从平凡走向神奇，与众不同。充满激情的人，成功和好运也会常伴左右。

总之，可以制造金砖的好模子还有很多，也没有多么神秘，一切都由我们当下的好念头、好行为、善思维、善原则转化而来。

## 水赞

水在显微镜下,就像雪绒花一样美丽。中国的"水"字,显然就是取了那样六瓣冰凌花的意象,真不知古人造字时,有着怎样的慧眼。

水是我们生命的根本所在,也是生命的源泉。全世界各国的大河,都被冠以母亲河之名,可见人们对水的痴情与依恋。

中国自古就有水以聚气、气以聚人之说。人离不开水,水也与空气和阳光一样,是我们生命的保证。从古至今,人们都喜欢水,喜欢临水而居,甚至是逐水而居。水与人、与人生,也贴得很近。说美女的美丽与高洁，叫出水芙蓉；思念情人而不可得，是在水一方。

中国自古就认定水是构成生命和物质世界的重要元素，五行八卦，缺水都不成。古印度也有一种说法，认为世界的构成元素是地水火风。在欧洲，世界上最早的哲学家泰勒斯认为，水是万物之源。

佛教还告诉我们，水有八种功德：澄净、清凉、甘甜、柔软、润泽、平和、消饥渴、长善根。老子说："上善若水。"在《道德经》中，他已经把水精神化并赋予了灵性。孔子亦云："知者乐水，仁者乐山。"所以现在说自己喜欢水的人特别多，因为谁都乐意证明自己是智者。

水是美丽的，水也是让世界如此娇娆美丽的所在，同时，水更是人生美好与否和众生情趣之所在。

人们形容自然的美好时，往往会用"山清水秀""水天一色"等字眼。说一个地方不好，叫穷山恶水；说一个人陷入困境，是山穷水尽。

当然更多的，是说人和事的状态。讲谁漂亮招人喜欢，爱用"水灵灵的"来形容；说自己心态平和不紧张，叫心静如水；形容男女恋爱的激情，为爱如潮水。说不认识的人不期而遇，是萍水相逢。把做事循序渐进、不急于求成讲为水到渠成。《红楼梦》用贾宝玉之口说："女儿是水做的骨肉。"宋词里，形容男女之情更是"柔情似水，佳期如梦"。表达勇士的悲壮，用的场景和意境是"风萧萧兮易水寒，壮士一去兮不复还"。

水不仅是美丽和生命的源泉，也是人类社会精神文化和艺术创造的源泉。古往今来，水被赋予无数美丽的形象和殊妙的象征。

日本人的《水知道答案》，为现代人掀开了水的神秘面纱，把水隐藏的秘密世界和神奇功能，昭然天下，影响极大。

水也令无数英雄才俊，著书立说，历史上有司马懿指洛水发誓之说，但最著名的还是曹植过洛水时写下的《洛神赋》。《水经注》是一部中国古老的地理巨著,郦道元用三十万字,记录了存在和流淌中国大地的江河湖海,以及它们的来龙去脉和美丽传说,等等。

李白诗云"黄河之水天上来",这简直是把水捧上了天。

孔子则在川上,望着水说:"逝者如斯夫,不舍昼夜。"慨叹时间如流水,一去不回。

老子更是用水比喻道。他说:"上善若水,水善利万物而不争。处众人之所恶,故几于道。"其中,道是很难说清楚的秘密,但以水性和水的精神一比喻,这事就清楚多了。老子还说:"天下莫柔弱于水。"老子又说水是"天下之至柔,驰骋天下之至坚。无有入无间,吾是以知无为之有益"。

荀子更厉害,索性指出,水是民心的写照。荀子的逻辑是"君者,舟也;庶人者,水也。水则载舟,水则覆舟"。

唐朝李世民，在魏征的帮助下，是真的听懂了这句话的含义。他知道了得民心者得天下；庶人者，民心者，皆水也。水就是庶人，水就是民心，水能载舟亦能覆舟，这就是水的能力和本事，也是民心的写照。

当然，水也具有渗透和扩散的功能。所谓水滴石穿，是赞美一个人持之以恒的结果；说水泛滥成灾，既是说江河湖海的水，也是说不良思想等问题不能好好控制，就会出更大的问题。

其实，我们的人生观念和思想的形成与取舍，以及事物的变化与发展，也一样具有渗透和扩散的能力。

大禹治水，是中国流传已久的故事，讲的是为民治水、无我忘家的故事，但它传播的是一种为民兴利除害，以及人定胜天的精神和信念。现代的红旗渠，发扬的应该也是这种精神。

水无形无色，但遇圆则圆，遇方则方，顺势而下，从不倒流。水的活力在于流，水的生命在于动。

朱熹推动变革，用源头活水来象征，其诗曰："半亩方塘一鉴开，天光云影共徘徊。问渠那得清如许？为有源头活水来。"

赞美水的东西太多，不胜枚举，最后，还是简单看看水的千姿百态吧！

地球的构成，70%是海水。大水洪波浩淼，阳光之下，就会蒸发为气，气上升为云，云又会变成雨，继续落地为水。水润泽大地万事万物。一段时间没有水，就是旱灾；长期没有水，就是沙漠。尽管沙漠也很美，但它显露的全是死亡的信息。现在电也是人类离不开的能源，人类用水来发电的水利工程，遍布山河之间。一个人，每天大概应该食用3升以上的水，缺水的人，就会患上各种疾病。有人说，水聚财。是啊，有水的大地才会人丁兴旺，稻香麦黄，鲜花盛开，鱼虾满塘，千帆竞发，遍地牛羊，车水马龙，袅袅炊烟。让我们珍爱水吧！保护水吧！更要好好地赞美水！

## 我的灵魂写给我的日记

我没有时间,所以我的日记不需要时间的描述。

我会偶然,在你非常放松的时候用你能意识到的语言,显现给你。

其实能不说话,我才更像是个神。但一谈到神,你就什么都不知道了。

我是在你的身体里,但你的这里面其实什么也没有。我没有身体,没有语言,也不需要思想,但我拥有你看不见的一切。

我也没有资产,甚至不需要存钱。你说你特别想要见到我,那我就告诉你,想要见到我,先要哭干你所有的眼泪。

太阳就是太阳,月亮就是月亮,人就是人,地球就是地球,你说说,这中间有什么关系?

你看的电视里的人在燃香,我也能闻到弥漫的香味。

你们的祖宗讲究无为,但有一点,他们肯定没说,就是谁能把这事说得非常清楚。

你总是关心到底有没有灵魂,我可以用鸟的事情告诉你,如果一只鸟受到了创伤,它也会发出你们人类发明的警笛的声音。

你总说你真的有信仰,其实你什么都不信,你甚至连你的亲人也全都不信。我早就告诉过你,在你母亲去世的时候,你心中有点真,也有很多的忏悔,其实忏悔也是一种觉悟,或者说是一种自觉。那时我就提示你,无论哪个世界,都有真,有信,有诚,有爱。真是根本,有信则诚,爱就是道。

最好的书,也都是意识流,其实意识流这东西是不需要印出来的。

思维是有节奏和频率的，要思维相近，请拨准生命的频道，对不准，就全是乱码和杂音。

风筝也是密码，它是人体携带的第十种媒介。

嘿！这是谁跟你说的，你还特别信，人有三道灵魂，还分大、中、小。大、中、小都在就是正常人，只有中、小就是傻子，三个都离开了，就是死人。嗐，你们说得根本不对。我们灵魂，是轮不到你们议论的！

你说怎么也搞不清楚灵魂的问题，更找不出灵魂的所在，但还动不动就说什么这是灵魂的考问。考问也没有用啊。知道为什么吗？这是知识体系的问题。

你们人类的知识，其实就那么一点点。你们的知识可以分三个部分。如果画一个大圈，代表人类可以知道的全部知识，那么在这个圈里再画一个小圈，这个小圈就是你们已知的知识，如果在这圈里，再画一个更小点的圈，可以代表能够推动人类进步和社会发展的知识和能力。如果我们进一步，把已知的知识分成两部分，一大部分是有关事理的，另一小部分是关于道理的。那么，对知识的理解和认识是不是更清晰了呢？这就是灵魂的发现。知道吗？灵魂的问题在那个大圈外面，是你们未知的领域。千万不要说这就是道家的道理啊。

舍我青山处处在，利他长江滚滚流。别再看了，这诗不是你写的，你想再补两句也办不到。

# 一则寓言

那寓言讲的是，一条小小鱼儿上天来的故事。

在深深的海底，很多小鱼特别爱窝在礁石里听老龟爷爷讲故事。

老龟常常爬上沙滩，见多识广，知道很多陆地上的事情。陆地上也有无数各形各色的生灵。有那么一种动物，它们用腿和脚移动换位，还拥有各种工具，声称之所以和我们不一样，就是因为它们会制造和使用工具，可它们其实也都是我们海洋世界创造的。在它们上面，还有更加自由自在的辽阔天空，尤其是空中那光芒万丈的太阳，把那个世界的一切，整天全照得七彩缤纷的。老龟晒着太阳，龟眼中的那个世界，真是像烟花一样灿烂至极。老龟还爱在海面上散步行走，海鸥等各种飞禽常常会搭乘在它的龟背上航行，因此老龟也就又知道了很多空中的事情。龟命久长，从古活到今，老龟知道的事情也多如海水，不可斗量。

听了老龟爷爷说的一切，有条活蹦乱跳的小鱼又是摇头又是摆尾，它觉得这一切简直是既神奇又美妙，发誓要到上面去看个究竟。但是，不仅小伙伴们不同意它的想法，就连老龟爷爷也说万万不能上去。因为龟是不一样的，它们不仅保留了足够的水性，也有可以在陆地上生存的器官。鱼类就不同了，世世生于水中，也死于水中，鱼儿的古训就是：不可一刻脱于水。

小鱼从此什么也不说了，但它悄悄地开始了顽强的训练。它已有挑战这个极限的行动方案。首先，要潜出水面，观察水上面的一切。其次，它进入海龟学校，在那里学到了龟息的原理，以及如何让全身呼吸和静止呼吸的方法。最后，它又到影像资料室查看人类和其他动物的生存方式，以及鸟类飞行的原理。

终于，小鱼已经能够在水中长时间地停止呼吸。它的身体不仅越来越强壮，也越来越大，而且，它既可以像船一样在浪头上下穿来穿去，也可以用鱼尾在水面快捷迅猛地行走。它还可以像发射的炮弹一样，蹿上远离水面的高空，自由飘飞，自由滑翔。下大雨时，它可以顺着雨线，升上云端；有龙吸水时，它就可以遨游天空，在云中穿梭、行走。直至有一天，它再也没有回来。

在深深的海底，有了很多关于这条小鱼的传说。说得最多的，是它往生了，当然还有其他种种猜想，最个别的是说，它可能已被另类捕获或干掉了。不过最令大小鱼们惊奇的说法，是说它在飞行中遇上了闪电，而飞鱼遭遇闪电光击后，就会涅槃成飞鸟的精灵……但不管怎么说，它肯定是往生了。后来，鱼中大佬们开始给它盖棺论定：有的说它是另类，是叛逆者；有的说它是奇迹，是探索者。但老龟爷爷和它们说的都不一样。老龟爷爷说，它以龟的胆识、鸟的天赋，不仅超越了鱼的局限，更达到了一般鱼儿无法达到的最高境界。小鱼们听了老龟爷爷的话，都开始拼命地摇头摆尾，水中一片哗然，也如燃放烟花一般。

## 心眼杂谈

　　心好又有福的人，肯定没什么心眼，不仅没心眼，甚至可能还缺心眼，即使有也都是好心眼，而且不会偏心眼，更不会跟谁去斗心眼。

　　但有些人聪明无比，心眼还特别多，当然也不全都是坏心眼，只是心眼太多了，反而深受其害。比如有的人，聪明本具，但太聪明了，也常常会干出画蛇添足、无事生非的蠢事，俗话说就是"贼心眼"。

　　还有种人心眼很多，表面看特别聪明，实则不然，常常聪明反被聪明误，最典型的是三国时期的例子，那就是杨修。

杨修聪敏过人，见微知著，曾深得曹操器重，但他心直口快，爱显摆才华。在曹操为给夏侯渊报仇，征讨汉中时，因为与刘备长久对峙，僵持不下，所以曹军陷入进退两难的境地。当时情形是，如若进攻肯定损兵折将，亦毫无胜算；若无功而返吧，又恐被人耻笑。一日将士询问当夜军中用何口令，正赶上厨房端来了一碗鸡汤，曹操夹着汤中鸡肋，脱口而出：鸡肋。

杨修听到这口令后，马上开始收拾行装，军中将士看他如此就前来问询，杨修说："鸡肋者，食之无肉，弃之有味，说的就是现在的情况，不如早日回兵，既然不日收兵，提前打点行装，省得届时匆忙！"

众将士一听，也纷纷开始收拾行囊，刚好曹操夜巡，顿时勃然大怒，一问，杨修也直言不讳。面对这个多次能猜透自己想法的人，曹操愤怒至极，又联想到他近期一直掺和世子之争，立即以扰乱军心的罪名，把杨修杀了。

杨修之死不怪别人，实在是怪他自己，因为他自恃才高，随心所欲，心眼太多，而恰恰是心眼太多又口无遮拦，最终导致了杀身之祸。

心眼再多，也不能有贪婪之心。古人有云：人有贪心，万般皆毁。所以不能贪心，更不能再顺着贪心而耍心眼。范蠡的大儿子，就是贪愚至极的典型。

话说范蠡一生，助越王灭吴，后功成身退，曾三次富可敌国，又散尽钱财，被奉为中国的财神。他在定陶成为富家翁时，二儿子在楚国惹上了官司被打入死牢，范蠡就叫小儿子带上千金，又写了一封书信给在楚国做客卿的庄生，请其设法搭救。范蠡的长子知道后，坚决不同意，而且寻死觅活，坚持这事应该由他这个长子出面搞定，其母也觉得小儿子办事不靠谱。范蠡给搅得没有办法，只好派长子去，但他再三叮嘱长子，到了之后不论任何事情都要任由庄生安排，不要看其相貌装束，更不要与之争执。长子应允，还私自带了几百镒黄金。表面上看，他并不贪财，但实际上，他这个人非常贪财，而之所以还要这么做，我们就可以看出他贪恋的东西实在更多。

　　长子到了楚国找到庄生，发现庄生衣着寒酸，住所凄凉，一看就不像是什么达官显贵，立即疑惑父亲找此人的居心。由于范蠡有言在先，他虽疑惑但也只得把千镒黄金交给庄生。庄生只说："知你来意，请你速速离开，千万不要逗留，将来弟弟放出来了，只管速归。"然而长子并没有离开，而是用私自带的黄金又去求助其他认可的达官显贵，以期万无一失。

　　庄生是以廉洁正直闻名天下，楚王及众卿都一直待其以贤臣尊崇。对于范蠡送来的黄金，他本也无意苟得，只想顺意而为。

于是庄生夜见楚王，说："今臣观天象，煞星冲临，臣恐楚国来年将有恶事灾难发生。"楚王向来相信庄生，问庄生如何是好，庄生说宜于岁末之际大赦天下。楚王于是下令，准备大赦天下。

长子因为还未离开京城，听闻楚王欲大赦天下的消息，但他根本想不到这一切都是庄生的善巧方便，而首先考虑的就是自己家的金子白送了。于是，长子立刻去见庄生并说，当初所赠千金都是为了弟弟的事情，现在既然楚王已经准备大赦天下了，所以先前所求之事，就不必再劳您大驾了。

庄生本无贪意，只是为了让别人知道他办事的诚意，早吩咐家人此金不可动，所以长子回来这么一要，任何话也不解释，立即如数奉还。虽然庄生并非小人，但是他事后越想这事越纠结，于是又夜见楚王说："臣上次所说星宿之事，有所偏差，不宜对所有人都实施大赦，而且对那些罪在不赦的人，要立即执行处决。"国王依然应允。

结果是,范蠡长子带着他弟弟的尸体回来了。范蠡无奈地说:"我就知道你非但救不了你的弟弟,而且还会把本可以办成的事情办砸!"

众人不解,皆问其由。范蠡说:"老大成长于我最艰难的时候,那时家境贫穷,我常常走投无路,所以他最看重的就是钱财。他爱他的弟弟,但更爱金钱和自己!而且他还贪爱名声、才能等,根本不可能好好执行我的吩咐,这就是我为什么一开始就让小儿子去。那是因为小儿子生来看见的就是我的富有,装金举银,乘好车,骑良马,所以他对我肯定会言听计从,也绝不会干出把送出去的钱,又要回来的事情。"

诸位,想想范蠡其人,那是何等聪慧,做军师料事如神,处江湖又阅人无数,怎能不清楚大儿子的贪愚,但为什么不坚持让小儿子去做?这可能也是智者的无奈,因为他大概早已料定命中必失一子,至于是谁,一切就听天由命吧!而且,死的不管是谁,都定会给活着的人有所启迪!这死也就不是简简单单、白白地去死了。

## 一个电影片段所展现的智慧

我的师父就特别爱用一些电影,来诠释他对人生百态和禅学智慧的看法。比如他曾告诉我们,《黑客帝国》里,充斥着唯识的思想;《深夜加油站遇见苏格拉底》,是告诉我们认识你自己的重要,以及人生万物中所存在一种力量——劲道。而我今天特别想跟大家分享的是,一部电影里关于警察故事的片段。

那个片段,讲的是一个罪犯越狱后,劫持了一对刚刚离开学校的父女做人质,来逃避警察的追捕。罪犯持刀将女孩和自己藏在后备箱,让女孩的父亲开车将其送到安全的地方。途中遇到了警察拦截。那是位老警察，他问那个父亲从哪里来，父亲说刚从学校那边来，警察又问遇到过什么人没有，父亲回答没有。警察要求打开后备厢。那个父亲立即面露难色，警察改用唇语再问，在得到肯定回答后，警察没有去开启后备厢，而是写了一张纸条，纸条上写着一个地址。目送汽车走后，旁边一位年轻的女警察开始责怪老警察，为什么不果断行事而放走他们？为此要担多大风险，如果再出意外，我们一定要负全责。那老警察只说了一句：只有这样才有可能救他们。

结果那个父亲将车开到了警察提供的地方，然后他开启后备厢，告诉罪犯已到达安全地带，待他一把抱过罪犯交出的孩子并将其紧紧搂在怀中时，警察们立即包围了后备厢，刚刚要翻身下车的罪犯，只好乖乖束手就擒。

电影看到此处，我心里也很震撼，但毕竟是电影，情节上也了无新意，相信很快就全都忘记。但是听了师父的一席话，才觉得这个片段不简单，因为它向我们展现了生命应该如何救赎的道理。

师父说，在人生的修炼中，绑匪就是自我、恶习、偏执、恶念等，孩子就是处于轮回中和无始无明的我们自己，父亲的悲切与慈爱和老警察的当机立断的智慧，是救赎我们的根本和保证，就是佛与菩萨，那个年轻的女警代表的是假道德、官僚和酷吏。

听师父这么一讲，突然发现老警察所展示的那立断的智慧，其实就是平常所说的慈悲善念。她无处不在，也无时不有，如果能够恰到好处地运用，就是人生最大的智慧。尤其是老警察与那父亲当下的默契和人性的应对，抛开了个人的安危和所谓的功勋，这在电影里是救赎那个孩子生命的根本，在现实中提示我们要多行善念善意，让自己的生命价值在利人利世中开展！

看这样的故事，即使没有这样的理解，但为什么也会让我们心灵激荡和感动呢？这是因为我们自己的生命中，在当下，就需要一种智慧的救赎，或者是隐藏着帮助别人的力量！

## 横山书院给我的帮助

横山书院成立 15 周年了，而我与书院的邂逅也快 10 年了。

其实很早就听人说上书院学习的种种好处，但我一直都很不以为然，现在知道那完全是自己当时的无知以及固有的偏见。

我 2014 年 11 月因为脚伤休假，才在好友的反复催促下，来到了横山书院历史第三期开班仪式现场。

演讲嘉宾的话语激情动人，第一堂历史课也让人听得如醉如痴，特别过瘾。原本只是想敷衍一下，听听而已，不料课后，我立即自费报名参加了第三期历史班，这大大出乎好友们的意料，而且我接连报名参加了诗词班和国学班，最后还成为书院的终身学员。

这是为什么呢？原因大概有两个方面吧。

一方面是因为当时听了嘉宾的致辞和授课老师的所言所述，忽然发现这些国学大师们的期望与梦想，是要给予我们这些孜孜以求的众生更多的智慧，并由衷希望我们能对人类文化有更多更深的领悟，而不仅仅是简单的学习和知识的积累。

另一方面是因为自己。因为我那天不留神把特别顺用的笔弄丢了，我一直爱用那支笔写东西，那时正好用那支笔写出了我的第一部长篇小说《往事如烟》的初稿，刚准备修改和润色。可那天，那支笔掉落了，我趴在地上找了半天也没找回。当时就寻思，笔找不回来，一定意味着什么。但到底意味着什么呢？最后认定是自己的小说一定存在问题，要先放放，甚至当时就已经感觉应该重写。

后来，在横山书院的学习中，自己的见地、思维都发生了巨大的改变，我小说里的原本的人物们也都活了，而且开始闪闪发光。

　　书院也知道我丢笔的事，后来院长送给我一支带小转经筒的笔。2019年从印度游学归来，湛如教授又送给我一支做工精良的钢笔。5年后我丢失的笔终于回来了，我开始重写这部小说，那时虽然新冠疫情刚刚开始，可形势严重，人们都忧心忡忡，但我还是一改以前的风格，祛除忧郁伤感，埋头爬格子，我所挖掘并展现的是近50年里自己所熟知的那些人、那些事，是如何充满了正能量，昂扬向上、自强不息的精神和气质，他们在各自的生活中和事业上拼博与奋斗，弘扬人生的美好和真情真爱。

　　在作品中，我塑造的主人公写了一首诗——《君子兰颂》，应该说是恰如其分地展示了他们所存在的那个时代的众生相和集体的品质：

幽幽君子兰，不疏也不繁；

婷婷花开日，非空亦非闲。

大千多少事，花开花落间；

滚滚红尘中，聆听花自言。

应该说，横山书院不仅给予我知识文化的深耕，也给予我具体而实在的巨大帮助。

感谢横山书院！

## 几个想当然

世间的一切当然又都是为了解释这世间的一切。

叔本华说,所谓的天才就是能够以自己的方式,来表达对这个世界的理解。当然,解释的方法很多,千差万别,而且还有"江山代有才人出,各领风骚数百年"之说。

无论是中国古代的《易经》和以《道德经》《论语》等为代表的诸子百家之说,还是《离骚》《史记》以及后来的唐诗宋词和四大名著,都是历史长河里的滚滚波涛,其中也包括了书法、绘画,甚至那些民间艺术的传播与流行。

全世界发生的那一切，似乎无不是在述说着他们所知道的那些事。尤其是蒸汽机和电影等事物的诞生，改变了世界；电脑和互联网的出现和不断升级，似乎就是昭示人类智能的归宿和生命与生命关联的存在。

我特别想说，现在之所以古典诗词不兴，是因为最才华横溢的众生，都借着新兴的技术和设备，开始了流行歌曲的疯狂创作和演唱！

我还想说，现在很少再有人会抱着什么鸿篇巨制，去忘情过瘾乃至废寝忘食，因为电影电视早已成为大众在这个世界最有吸引力的读物和视点。

因此，我更相信，还会有更多的办法和手段用来传递那些英杰们对这个世界的解读和看法。

## 登山之乐

我从小爱登山。很小时候登的要么是一个小沙土堆，要么是哪里刚刚挖出的黄土岗，不过后来，最喜欢爬陶然亭公园里的"大雪山"，虽然不高，但也充满了爬山的种种魅力。

寻北京最近的爬山去处，要首选香山、八大处，当然在延庆、门头沟和昌平一带，还有很多可以登高的地方，尤其是北京正北的银山。

在不同的季节登山，可以观赏不同的美景，以及特有的风光。春天的时候，一边登山，一边观赏路边不时闪动的金黄的迎春，还可以眺望远处群山叠峦的花树，粉色的是桃花，雪白的是梨花。

我最喜欢闻的是八大处的桂花。夏秋之交的八月，特别是空中飘着细雨的时候，漫步在八大处山间小道，总能闻到淡淡的桂花香。闻着桂花的味道，竟觉得整个人生也是如此清爽。

在北京爬山最密集的日子是在深秋，枫叶红了的时候。蓝天白云之下，万山红遍，层林尽染，满目山河秀色。其实，爬山的最佳时刻，就是在登峰绝顶之时，那天上天下一览无余之际。那时我们的身体仿佛也弥漫在这天地之间，而这天地秀色也同时融入了我们的心里胸间。

因为同样喜爱登山，结识了好多同道中人，大家常常相约，去登东西南北各处的雄山峻岭。

2013年，我与几位好友去云南鸡足山，不巧，一下飞机就崴了脚，勉强走出机场后，脚面就肿了，大家都要我去医院治疗，但我坚信没有什么问题，能够坚持。我就这样到了鸡足山下。在山林间，我找到一根树杈当作拐杖,并在众人连拉带推的帮助下,慢慢往上爬,当最后登八百多级台阶时,大家都要我乘坐滑竿,我依旧坚决拒绝了,虽然是慢了一些,但终归一拐一拐地爬上山顶。

回来之后才去医院,一照片子发现是小脚趾有一处骨折了。同去的人都颇为吃惊,听后都哈哈大笑。这是因为大家都知道,登山不仅仅是登山。登山之际,无论遇到什么,也无论什么艰难困苦都应该承受克服,勇于面对。

登山其实就是人生,不过它只是人生旅途中的一段插曲……

## 屈医生的趣事

认识屈医生是在书法大师田老先生那里，他正请田老先生看新近写的那些字，我凑近一看，觉得他的字就像是用铁钉一类的东西写的，至于他是什么医生，根本也没在意。后来又见过几次，依旧不知道他是什么科医生。印象中他长得很魁梧，但字写得如针画沙，想想极怪。

后来偶遇风寒，咳嗽剧烈，甚至能听见嗓子里"吱吱"怪响。那天正赶上田老先生八十大寿，庆生宴席上屈医生就坐在我旁边。他发现了我的剧咳，伸手摸了摸我的手腕，又上下打量一番，告诉我：

你这是受了邪寒，明天一定去我那里，我给你扎几针，一定把这邪寒赶出去，不然，它七天一脉，保准把你身体搞乱。他还问我这几天去哪里了，我告诉他前天参加了一个葬礼，回来就这样了。他说这就对了，身体弱的时候，就怕去这种地方，你现在这种情况最适合去婚礼和今天这种福寿喜宴，你今天遇到我，就是借了先生的福，你就有救了。

这次我才知道，他是个针灸大夫。那么，他写那样的字也就不奇怪了，而且觉得他的书法特点非常明显，具有明显的职业特征。

我的哥哥姐姐都是医生，但我天生不爱看病，也不爱吃药，更别说针灸了，但被他这么一说，第二天还就乖乖去了。

他的诊室不大，就三张床，还有一个熏蒸间。他用中药汤剂放在特制的电蒸锅里，让我裸身躺在有个布篷的电蒸床上。那天正是腊八，外面天寒地冻，蒸床里的我大汗淋漓，赛过三伏。经过两次治疗，病情见缓。后来他又要求我再调几次，说是要重塑我的生命能量。

一来二去跟屈医生熟了，知道找他治病调养的人多了去了，全是名人、高官。屈医生是山西人，当过兵，转业后去县民政局，负责残疾人工作，当地有位中医世家出身的老中医，学问方正，医术精湛。为帮助残疾人就业，民政局组织了中医针灸培训班。残疾人都纷纷报名，但学了半天，一个都没学会，只有在一旁负责组织培训的屈医生全明白了，并深得老中医的器重。后来他索性辞了职，跟着老中医学了好几年。据说他从小就有"天目"，经络穴位似乎全在眼前，我注意到他常常闭目举针，隔空凝望，然后下针如有神助。

后来他去了深圳，我们常常互发微信。他的微信名先是"针地道"，后又改为"秧草屈"。从微信上看到他开始关注养生，还当上了健康顾问，四处给公司白领演讲辟谷瘦身之道，可能是钱多了，又开始研究秧草和种植烟草,他告诉我,秧草相对于玛咖,更适合于中国人的体质。

再后来我隐约知道,他是"天目"没了,针灸的疗效已大不如从前,所以才不得不改弦易辙。

# 灯谜的其乐无穷与
# 其乐无穷的对联

第一次猜灯谜,是在工人文化宫。谜面是太阳西下,打一城市名字,我立即猜是洛阳,还被奖了一盏小灯笼。不过真正领略灯谜之妙,还是在认识翟老师之后。

翟老师是附中的老师,教语文,但我没上过他的课。他眼大目聪,总梳着油亮的披头。

我有一个同学跟翟老师是邻居,他喜爱画画,翟老师的画画得也好。我看过翟老师画的领袖巨幅画像,跟照片一模一样。我这同学画得也好,翟老师有空，常来他家指导。在同学家，才知道了翟老师的其乐无穷的能耐和魅力。

那天，他正在给几个同学说戏，讲人艺表演的老舍《茶馆》，我见到他时，他正瞪着大眼睛，动作麻利地表演《茶馆》开场，各色人物粉墨登场的片段，打揖蹲安，都惟妙惟肖。后来又说起了各色小吃，翟老师也是滔滔不绝。不知什么时候话题转到了灯谜，可能是因为临近元宵节，特别是当我一提对灯谜特别感兴趣，这下子可不得了了，他几乎快贴着我的脑门问我：知道灯谜之妙在哪儿吗？望着他那两只黑洞洞的大眼睛，我几乎无语。好在他也不等我说什么，只管自顾自话地一泻千里：

"你们肯定不知道灯谜的厉害和它的地位，这么说吧，不同时代有不同的造化。唐有唐诗，宋有宋词，元有元曲，明清有小说，清朝最盛行的是灯谜，那会儿人爱玩，而灯谜之妙，就在于它的其乐无穷，就像你们现在都喜欢抱着吉他唱校园歌曲，觉着这事才是其乐无穷,但在清朝流行的就是灯谜。文人雅士无不以此为乐。那时候春节就是对春联和猜灯谜。对春联也像猜谜,对起春联也像猜灯谜一样其乐无穷。"

其乐无穷,其实就是他的口头禅。

那天我们猜了好多谜,大多记不清了,但有几个记得特别清楚。

一个是"秋香初见唐伯虎",打一四字成语,答案是付之一笑。再一个是"肾下垂",打一三字俗语,谜底是掉腰子!最难的要数"弹钢琴",打一四字成语,都猜不到点上,那天他就是不说答案,让我们回去想,很久以后,我才知道谜底是不平则鸣。

以后再见翟老师,就想听他说对联如何像猜谜,他立即举了一个例子:"雪消狮子瘦。你们猜下一句应该怎么对?"

他说其实这也是谜,对对联,有时就像猜谜语,只是更讲究，词句意境要更美，越对越其乐无穷。

那次，翟老师还给我们讲了一个特别完美的故事：

话说有一次，纪晓岚乘船而行，这时一只扬帆快船赶上前来，船头站着一位武将。纪晓岚的随行不想让路，帆船只得缓慢航行。武将确有急事，无奈之际，急速写了一张纸条传给纪晓岚。

纪晓岚打开一看，是一对联上联："橹速不如帆快。"纪晓岚马上明白了，如若对不出，就得立马让道。但纪大学士无论怎么苦思冥想，也无法对出下联。

原来这上联是借用鲁肃和樊哙两位古人的名字写的上联，意思就是文不如武。

纪晓岚一时还真想不出什么文定胜武之事，只得吩咐让帆船先走，然后左猜右想，直到半夜三更，忽然听到远处传来箫声，才忽然灵感大发，终于对出了下联：笛清岂有箫和。狄青乃北宋大将，萧何乃汉朝名臣。

　　这就是灯谜与对联之妙，闲来无事，猜猜灯谜或对对对联，真的是其乐无穷。

## 一旦是朋友，永远为朋友

朋友是最好的歌，朋友是最美的诗，朋友是鲜花也是星河灿烂，朋友是美酒也是福缘无限。

关于朋友的诗和歌，不管是近处的，还是远方的，多的是数不胜数。从小到大，关于朋友，我们常常还会有这样几句话：你是我的朋友，或者是我是你的朋友，还有我们是朋友，谁谁是我的朋友，某某可是我的老朋友或最好的朋友，等等。而我还常常爱在这种句式后面加上一句：一旦是朋友，永远为朋友！相信这是种预言，也是一种期待和善念！对于有了裂痕的朋友，我还会加上一句：好朋友是打不散的。

　　之所以要这么说，既是要坚定朋友之间彼此的友谊和信任，也是抒发自己的朋友之情怀，延续朋友之间的友谊和热度，更是要给予自己和彼此更多的真诚和真情，因为这也是一种承诺。为了这承诺，必须收敛自己的狂妄和肆意，尤其是在遭遇什么误解或是背叛之际，有这样的话做支撑，曾经的朋友可能不会彼此伤害，或者相互诋毁。

　　为什么这么说？因为朋友易得，但想长久保持下来，还真的是很难，特别是不知道珍惜朋友之情之时、不知道朋友之谊之前。

　　上小学时，自己也确有些朋友，多是街坊四邻、亲戚和同学，但现在还能称为朋友的恐怕是没有几位了，大多死的死，散的散，还有联系的真的是弥足珍贵。而且这当中可以称为朋友的女性，更是少之又少。

　　朋友之间情谊的保持和增强非常不易，而朋友之间的伤害，却是容易至极，稍有不慎，就可能雪上加霜，甚至火上浇油。但少时无知，不知道珍惜的东西实在太多。

刚上初中的时候，我当时最好的朋友，是一个特别有才的同桌，因为拒不接受班长的批评，课间还顶了班长，班长就利用自习课组织全班声讨他，轮到我发言，我也一字一顿，把知道的他的种种不好，悉数抖落一番，博得全班同学为我叫好鼓掌，我当时特别得意。其实我当时不知道那时完全是一种忌妒的发泄，因为他处处都比我强，平时依附他，完全是想仰仗着他的优势来补偿自己的不足！而这时碰上这种能打压他的机会，自然不会放弃。当时也没太想别的，只是一吐为快而已。但从此以后，我才知道什么是覆水难收，我们不再是朋友了，彼此再也没有了话语，也断绝了交流。后来他考上大学去了外地，更是音信全无。有一次在大街上碰到了他的弟弟，我掏出名片，请他一定转交给他的哥哥，但依旧没有等到他的消息。

一旦对不起朋友，朋友就会远离而去。正是因为有过这样的经历，从此，我对朋友开始变得无比重视和珍惜，当然，也渐渐知道了和朋友天长地久的策略和方法。

比如朋友与他的朋友当着你的面发生争执，尤其是你那朋友的朋友自恃而逞强者，你要替朋友说所不能说的话和做的事，行侠仗义，仗义执言，甚至是大打出手，你虽然因此得罪了朋友的朋友，但是他们可能因此而和好如初；再比如，若是自己的朋友处处强势，迫压别的朋友特别是新的朋友，你可以偏向弱势的朋友或新结识的朋友，敢于从言语或行为上压制自己的老朋友，因为老朋友往往是打不断也打不散的，他们更容易帮助我们实现"一旦是朋友，永远为朋友"的这个预言和所有善念。

当然你可能会说，人生在世，只有永远的利益，哪有永远的朋友？你说得也对，但我还是想说，永远的朋友总是有的，你应该尽早认识他们，他们大概分为这么几类：

一是君子之交。能有这样的朋友，他不仅是你生命中的贵人，而且你一定是非同一般之人。

二是知心朋友。这样的人不会多，也不必多，能有几个就是几个。

三是情投意合的挚友。这样的朋友可以多些，大家往往因缘分而聚，而且一定会聚是一团火，散是满天星。

四是事业中的那些克星。千万不要小看和诋毁他们，他们往往因你而来，也并不是什么真正的敌人，一切都是为提醒你、测试你，甚至是为你纠错而来，是诤友，是良师，也是益友，关键是你怎么看！

如今我60多岁了，我真的特别感谢我生命中遇到的所有良师益友，以及所有的克星和损友，因为他们的出现，也是我人生不可缺失的一部分。

## 快乐菜单

我最近发现了一份菜单,它可能会让你的人生,充满了快乐与美好。

这份菜单先是有6道凉菜。凉菜要先上,然后宾客入席,美酒初酌,相互寒暄,不熟悉的相互介绍,但要紧的是这些凉菜,不必着急吃,因为好菜大菜还在后头,一切都要慢慢来,因为充满乐趣的人生,都需要慢慢地开展。

这6道凉菜分别是:

**1. 糊涂蔬菜沙拉**

要难得糊涂,因为人若太明白了,苦痛就会增多，所以生活中糊涂多一点，快乐自然来。

2．慢慢反应肚丝

对什么事反应不要太快，要学会换位思考，适应并随和，更不要对别人的想法和意见都一味反对。

3．远离敏感鸡块

凡事不要太敏感，而要钝感一些，特别是对那些闲言碎语、不明的攻击和伤害。有些事情虽不是毫无来由，但不实之事和险恶之心早晚会大白天下。

4．迟缓表态醉蟹

凡事要沉住气，没有想好的事不做，没有想好的话不说，幸福的人生肯定是以少犯错为开始。

5．卤富贵心态

富贵心态是一种健康快乐的心态，而贫穷的心态最容易导致心理的紧张和不安。很多人因贫穷而贪婪，又会因贪婪而更加不安，所以一定既要相信君子爱财取之有道，也一定相信君子之道才可以富贵且长久。

6. 清心寡欲小拼

想要快乐而幸福，需内心清静，减少自己不切实际的欲望和贪念，安心于自己能做的事，不贪自己之能所不及，这样就可以减少很多的烦恼和干扰。

凉菜之后，是正餐，共有 10 道主菜。而这 10 道主菜的主题就是要告诉我们，幸福的人生和快乐的生活，都需要人生的智慧，就是知道什么是正，什么是歪；知道什么是吉，什么是凶。这是人生之本。知道如何做正确的事，又懂得怎样趋吉避凶，你的生活就会行走在幸福与美好交叉的路上。

这 10 大主菜分别是：

1. 要事预见煲

幸福的人，不仅计划性强，而且凡事预则立，预见性强的，一切都可以防患未然。对于可能发生的事，特别是可能出现的问题和灾害，要预先找到对策，那么，一切问题到时候都可以化解，工作和生活都不会手忙脚乱，处处添堵。

2．能量品正锅

有道是欲想平安吉祥之首要，就是要远离愚痴人，多与智者交，特别要与负能量的人拉开距离。负能量强的人的特点就是爱抱怨、爱挑刺、斤斤计较，不知恩图报，不知道知耻近乎勇，与这种人为伍，一定为其祸害。

3．往事如烟烧

俗话说，过去的事情就过去了，特别是不要纠结过去的失误和曾经的失败。对于曾经的错和办错的事，只要常怀忏悔之心即可。无论什么时候，都要乐见自己、悦纳自己。

4．酱爆巨无惧

无论昨天多么艰难，也要心无芥蒂；无论明天刀山火海，也要无惧未来！特别是对于无中生有的担心和猜测，更不可处心积虑、梦幻连连。特别是要不思恶念，有了恶念也要快快断除。请记住，没有恶意恶念，明天就不会有恶事发生。

### 5. 吉祥全家福

道家讲居善地、心善渊；佛家说居住适宜处，是为最吉祥。全世界最好的风水，其实是在我们心中，心里充满了和善和美意，到哪里去都会鲜花盛开，时时吉祥如意。

### 6. 致心正道钵

人间正道，就是不断激发人的善念善行，做舍己利他之事。而这样的结果是，你的回报和积累的善缘就会接连不断。得道多助，甚至是鬼神相助。

### 7. 良知一品香

良知是天道，人人本具；良知是大爱无疆，良知是感恩戴德。有良知的人，知行合一，敬天爱人，做事公道，为人正直，处处吉祥。

### 8. 清蒸强筋健骨鱼

一个人精神要健康，身体健康最重要，智商不够，千万不要学有些人说反语反话，或者是看破红尘，固执偏见。所以无论什么时候都要保持正信正念，保持身心的健康、生活的和谐，让自己的每一天都从快快乐乐开始，然后实实在在地做人做事，最后进入梦想成真的未来。

## 9．兴盛火锅鲜

有道是旺财兴人，但要旺财持久，人必须先要兴旺，人的兴旺，实是快乐与幸福的前提，要想旺人，肯定有很多的方法和招式，持续学习、系统学习肯定是最为有效和持久的办法。学习知识文化重要，向智者和成功人士学习同样重要，还要与时俱进，整合资源，走适合自己的路。

## 10．旺家酸辣粉

酸辣粉现在是流行语，酸辣可能也是全世界都喜欢的口味儿。旺家旺夫可能也常是街谈巷议的话题，人们总爱把那些长得相貌端庄、清秀圆润而又聪慧的女人，视为旺夫的好妻相。其实这件事是要告诉我们，快乐而美好的人生，处处也都是以真善美为本为要的。如果满目是胜境美景、美颜秀色，那么你的生活就是阳光灿烂。所以我们必须常常净化心灵，用爱的慧眼去发现和欣赏这个世界所有美的人、事、物。

主菜之后的主食及汤品是：
1. 积极蛋炒饭。
2. 心存善念面。
3. 天天四喜汤。

菜单最后是水果拼盘，叫"一帆风顺走四方水果船"。无须再言，相信各位就应该知道这最后几道小吃的寓意了。

# 后记

刚写完这本小册子时,本想取名叫《人生总要和一把》,还想请马未都先生为拙作写个小序。

我与马先生可谓神交已久,他是我一位老友的恩师。

那时,我也属于残存的文学青年,但除了发表一些小小说,还一直没机会登什么大雅之门,所以,老友一直承诺要带我去拜见他的恩师马未都先生。

马先生当时是《青年文学》著名编辑，他把我那老友捧成了大红大紫的作家，因此在我心中，他早就是偶像级的人物，但由于各自都很忙，总是无缘相见。

很多年后，好友又与马先生在京城同期创建了各自的私人博物馆，那可谓名噪一时，但依旧因为这样那样的原因，我与马先生还是一直无缘相见。而且那位老友，后来又英年早逝了。

六十岁的时候，我终于在一位朋友的工作室见到了马先生。那时我刚刚退休，又刚刚出版了我的第一本长篇小说《往事如烟》。跟马先生真的是一见如故，听他说了很多的故事，尤其是他有关六十甲子和对生命周期的见解。

今年夏初的一天，好友又约了马先生相聚，我特意告诉好友想请马先生作序之事。可是，那晚马先生没有来，因为他的岳母刚刚去世。马先生与岳母也是母子情深，他一定要尽孝，所以停止参加一切娱乐活动。我知道马先生虽说是亦文亦商，但骨子里是真正的文人，此时确实不宜让他做任何分外的事情，只得搁下先前的想法。

后来因为请纪涛老师帮助修改稿子，立即想到应该请自己的老师帮助作序。对于书名，虽然老师也说可以，并且说你这是在商言商嘛，但我觉得既然请她老人家出山，还是应该换换书名，最后终于选定了书名《岁月倒影》。